U0505977

蘇黃尺牘選

龙榆生选名人尺牍三种

龙榆生　选注

图书在版编目（CIP）数据

苏黄尺牍选／龙榆生选注；毛文鳌整理. —上海：
上海古籍出版社，2016.5
（龙榆生选名人尺牍三种）
ISBN 978-7-5325-8047-7

Ⅰ.①苏… Ⅱ.①龙… ②毛… Ⅲ.①书信集—中国
—北宋 Ⅳ.①I264.4

中国版本图书馆 CIP 数据核字（2016）第 068319 号

苏黄尺牍选
（龙榆生选名人尺牍三种）

龙榆生 选注 毛文鳌 整理

上海世纪出版股份有限公司
上海古籍出版社 出版发行
（上海瑞金二路 272 号 邮政编码 200020）
（1）网址：www.guji.com.cn
（2）E-mail：guji1@guji.com.cn
（3）易文网网址：www.ewen.co

发行经销 上海世纪出版股份有限公司发行中心
印刷 苏州越洋印刷有限公司
开本 787×1092 1/32
印张 7.75 插页5 字数 99,000
印数 1—3,100
版次 2016 年 5 月第 1 版
2016 年 5 月第 1 次印刷
ISBN 978-7-5325-8047-7/I·3042
定价 36.00 元

龙榆生先生是现代著名的词学家,他在二十世纪 30 年代和商务印书馆合作,先后选编并注释了《曾国藩家书选》《古今名人书牍选》和《苏黄尺牍选》,受到读者的欢迎。

　　《苏黄尺牍选》,由商务印书馆于民国二十八年(1939)七月发行,署"龙沐勋选注"。前有龙榆生导言,介绍了此书的编选缘起。这次重刊,由毛文鳌先生整理,改繁体竖排为简体横排,除明显的讹脱衍误外,一般不作更动,以存原貌。

近来有不少的人，正在提倡晚明公安、竟陵派的文字，尤其是他们的书牍和小品文。《袁中郎全集》的翻印，以及明代散文小品的钞选，一时成了风尚。所有旧刻明人的集子，一般书贾，莫不以为"奇货可居"。据我看来，这一派的文字，虽然打破了古文家的所谓格局，以抒发性灵、复返自然为主，说了许多的俏皮话，却有时不免于尖酸刻薄，少沉着浑厚之趣。公安派的代表作者袁宏道，他是反对模拟古人的。可是他生平所宗尚，和他的朋友陶石篑之流，都很爱好苏东坡的文字。他的尺牍里面，有过这样的一套话：

宏近日始读李唐及赵宋诸大家诗文，如元、白、欧、苏与李、杜、班、马，真是雁行，坡公尤不可及，宏谬谓前无作者。而学语之士，乃以"诗不唐、文不汉"病之，何异责南威以脂粉，而唾西施之不能效颦乎？

《与冯琢庵师》）

这可见他对东坡是何等的赞佩。明代王圣俞选了一部《苏长公小品》，他所采录的评语，要算陶石蒉的占最多数。更可证明公安派的人物，都在《东坡全集》里用过苦功的。此外，如李卓吾（贽）、陈眉公（继儒）、茅鹿门（坤）的话，也采的不少。我们再来翻翻明人选刻的书，有杨慎的《三苏文范》，附了袁中郎的评点。又有茅坤的《苏文忠公文钞》、钟惺的《三苏文盛》和《东坡文选》、陈仁锡的《苏文奇赏》、陶石蒉的《精选·苏长公合作》、钱士鳌的《苏长公集选》。这一类评选的工作，很可藉以推测当代文人所受的影响，多少对东坡，是曾经"沾丐余馥"的。至焦竑校定的《东坡二妙集》，索性把他的书牍和小词抽出单行。他的意思，是说东坡最妙的作品，要算这种小品东西。虽然这话未必确当，却是我们可以从这上面参透晚明文坛的消息。我们与其提倡公安、竟陵一派的小品，何如直截了当的，把他们的老祖宗抬出来，岂不更好吗？

近人周作人在他做的《重印袁中郎全集序》里面，曾经说过这样的几句话：

尺牍虽多妙语，但视苏、黄终有间。……不知怎的，尺牍与题跋，后来的人总写不过苏、黄。只有李卓吾特别点，他信里那种斗争气分也是前人所无，后人虽有而外强中干，却很要不得了。

"外强中干"这句话，我说是深中晚明文人之病。不但尺牍如此，其他各种的小品文字，又何尝有能和苏、黄"真气流转"的作品相提并论的呢？尺牍这件东西，本是家常便饭，是要信手拈来，自然语妙天下，不容有丝毫矫揉造作的。要他写的好，全凭平日的修养。有了渊博的学问，超旷的胸襟，真挚的性情，伟大的抱负，涵蓄酝酿，自然出语不凡。这种信笔写来的东西，后来的人总写不过苏、黄的道理，也就在平日的修养不足罢了。

苏、黄尺牍的合刊，不知起自何时？至于把他们的尺牍，从全集里抽出单行，山谷反较东坡为早。据《四库全书总目·别集类存目》，有《山谷刀笔》二十卷，云："此乃所著尺牍也。以年为次，自初仕至馆职四卷，居忧时三卷，在黔州三卷，戎州七卷，荆渚二卷，宜州二卷，皆于全集中摘出别行者。然是编向有宋椠本，非后人所为。"可见尺牍一门，在宋代就很重视。《东坡二妙集》里的尺牍，共是二十卷。他的编次,也和通行本吴门黄始所编的《苏黄尺牍》不同。因为时间的关系,不能够把《四库》本的《山谷刀笔》拿来同校,这是编者所引为憾事的!

苏、黄并称,原来是因为都善作诗的关系。《宋史·文苑传》说:"庭坚学问文章,天成性得。……尤长于诗。蜀、江西君子,以庭坚配轼,故称'苏黄'。轼为侍从时,举庭坚自代,其词有'瑰伟之文,妙绝当世,孝友之行,追配古人'之语。其重之也如此。"我们由此可以见到苏、黄文字所以能够"冠绝一世",并不是偶然幸致的。他们的品性和修养,都有过人的所在,所以他们信笔写来的东西,特别是书信一类,尤其"天趣盎然"。能够打动人们的心坎。这两家的尺牍,各有各的好处,我们且把他分开来谈谈。

提到东坡,大家都晓得他是一位天才冠绝的诗人。据朱弁的《风月堂诗话》,有这样一段记载:

参寥尝与客评诗,客曰:"世间故实小说,有可以入诗者,有不可以入诗者,惟东坡全不拣择,入手便用。如街谈巷说、鄙俚之言,一经其手,似神仙点瓦砾为黄金,自有妙处。"参寥曰:"老坡牙颊间别有一副炉鞴也,他人岂可学耶?"

我们读了东坡的文字,就会觉到"老坡牙颊间别有一副炉鞴"这句话,不但是他的诗如此,他的尺牍小品,特别见出"点瓦砾为黄金"的手段。《宋史》本传也说过:

> 轼与弟辙师父洵为文,既而得之于天。尝自谓:作文如行云流水,初无定质,但当行于所当行,止于所不可不止。虽嬉笑怒骂之辞,皆可书而诵之。

这种纯任自然,游行自在的精神,的确只有东坡一人才能办到。他那超旷的襟怀和卓荦的天禀,果然是"绝尘拔俗",高不可攀。但是,他的作品也颇受他的思想和环境的支配。我们要了解他的尺牍的妙处,必得先把这种种关系提出略加说明:

东坡弱龄的时候,就颇崇尚风节。《宋史》本传说:

> 轼生十年,父洵游学四方,母程氏亲授以书,闻古今成败,辄能语其要。程氏读东汉《范滂传》,慨然太息。轼请曰:"轼若为滂,母许之否乎?"程氏曰:

"汝能为滂,吾顾不能为滂母耶?"

范滂是东汉时候最有气节的人,曾遭党锢之祸。我们看了上面的记载,就可以证明东坡的性格是讲究砥砺节操的。至于他的思想,受庄周的影响最大。他开始读《庄子》的时候,就这样说:"昔吾有见,口未能言,今见是书,得吾心矣!"他的哲学基础,就在这时确立。后来他更泛览佛教经典,又欢喜和一般和尚做"方外之交"。所以他的思想是极其超脱的。有人说他的文章得力于《维摩诘所说经》,大致也有几分可信。

讲到东坡的身世,他名轼,字子瞻,眉州眉山人。他的父母都是很有学识的。他在二十一岁的时候,就举了进士。二十二岁,赴试礼部。这次的考官便是鼎鼎大名的欧阳修,把他取在第一,又对他的朋友梅圣俞说:"吾当避此人出一头地。"他的声名,从此就震耀一世了。做了几年的小官,到过荆楚、凤翔等地。三十一岁,在京师直史馆。旋丁父忧,归蜀。三年,免丧,还朝,因和王安石论事不合,求外任避之,改官杭州通判。在杭州三年,放浪湖山,纵情诗酒。这在东坡的生活史上可算是一个最快乐的时期。他和和尚往来,也是从这时期开始,思想上就不免要受他们的影响了。四十岁,移知密州,旋改知徐州。在这几年中,他颇为得意。四十四岁,自徐州移知湖州。到任不久,就有人害他,说他做的谢表诽谤君上,突然把他逮赴台狱。一面派人搜查他的书籍。他家的妇女吓得要死,把他著的书都烧了,还骂他说:"是好著书,书成,何所得,而怖我如此!"后来案子了结,责授黄州团练副使,本州安置。住在黄州五年,天天和一般田父野老找他的"穷开心"。到了这时,他的涵养工夫日加精进了。虽然是在危疑困苦的环境里,他却能"乐天安命",并且不改他那平日的诙谐风趣。他初到黄州,有这样的几句诗:

自笑平生为口忙,老来事业转荒唐。长江绕郭知鱼美,好竹连山觉笋香。……

这很可看出他的襟抱,是何等的洒脱啊! 四十九岁,有量移汝州之命。沿长江而下,便游庐山。旋自泗州求居常州。五十岁,复朝奉郎,知登州。逾年,入京,官翰林学士。在任四年,请郡,得知杭州。杭州本是他的旧游之地,这次重来,自然是得意极了。在杭州三年,疏浚西湖,筑苏堤,直到今日,还为世人所乐道。后又移知颍州。五十八岁还朝。任端明、侍读二学士。逾年，出知定州，就任落两职，追一官，知英州。未到任间，再贬宁远军节度副使，惠州安置。从此就过他的南迁生活了。这回得罪的原因，也是关于文字方面。御史说他掌内外制日所作的词命有诋斥先朝的嫌疑。所以东坡在南迁以后，绝对不敢轻易动笔。这在他的尺牍里面，是处处表现着这种隐痛的。他在惠州住了三年，《宋史》说他"泊然无所蒂芥，人无贤愚，皆得其欢心"。后来又贬作琼州别驾，叫他住在昌化。那个地方，就是现在广东的海南岛，那时还是一个半开化的所在。一切应用药品都没有，那真亏了他。一般官吏们连房子都不给他住，他弄得没法，只好自己买点地皮，造起土屋子来。他的感化力真是了不得，那地方上的人都出来帮助他。听说惠州一带的人士至今还是称颂不衰呢！他这时年龄过了六十，在这荒岛上又差不多住过三年。到了六十五岁，才有量移廉州之命。又自廉州移舒州节度副使，永州居住。他经由广州北行，刚到英州，复朝奉郎，提举成都府玉局观，算把他恢复自由了。后来过韶州，度大庾岭，由赣州出江西境，行至真州，瘴毒大发，赶到常州暂住，就在常州病死了。看他在病中给米元章的信说：

某两日病不能动,口亦不欲言,但困卧耳。……
河水污浊不流,薰蒸益病。今日当迁往通济亭泊。
虽不当远去左右,且就快风活水一洗病滞,稍健,当
奉笑谈也。

又另一封里面说:

　　某食则胀,不食则羸甚,昨夜通旦不交睫,端坐
饱蚊子耳!

　　他到了临危的时候,吐属还是这般的饶有诙谐风趣;他的
胸襟的超旷,和平日的修养,也就可以窥见一斑了。
　　我们对于东坡的生平史实,既经大致明了,再去看他
写给朋友和亲戚们的书信,更可证明他的天才卓绝,和他
的尺牍为他人万万写不过的道理,并不是偶然的了。
　　东坡的全部尺牍,可以说是"信手拈来,都成妙谛"。
他虽然处处表现着"诙谐的风趣",可是他那萧洒的态度、
超旷的胸襟和真挚的感情、热烈的抱负,都是值得我们万
分赞佩的。试看他在黄州写给李公择的信:

……吾侪虽老且穷，而道理贯心肝，忠义填骨髓，直须谈笑死生之际。若见仆困穷便相怜，则与不学道者大不相远矣！……虽怀坎壈于时，遇事有可尊主泽民者，便忘躯为之，祸福得失，付与造物。

你看，这是何等的硬汉！中国文人的特质，就是讲究骨气，也就是孟子所提倡的"浩然之气"。这一方面也就表现东坡的为人，颇受儒家的影响。再看他写给蔡景繁的信：

　　……情爱着人，如藕胶油腻，急手解雪，尚为沾染。若又反复寻绎，更缠绕人矣。区区愿公深照，一付维摩、庄周，令处置为佳也。

这又可见他的思想是出入于释、道之间。至于他那超旷的胸襟和萧洒的态度，到处都可见到。譬如他在黄州，所处的环境是很恶劣的，他却能"处之泰然"，到处找他的穷开心。现在把他抄出几段：

　　此间但有荒山大江，修竹古木。每饮村酒醉后，曳杖放脚，不知远近，亦旷然天真，与武林旧游，未见议优劣也。

——《答言上人》

但有少望，或圣恩许归田里，得款段一仆，与子众丈、杨文宗之流，往来瑞草桥，夜过何村，与君对坐庄门，喫瓜子、炒豆，不知当复有此日否？

——《与王元直》

岁行尽矣，风雨凄然。纸窗竹屋，灯火青荧。时于此间，得少佳趣。无由持献，独享为愧，想当一笑也。

——《与毛维瞻》

这都可以看出他的修养功夫。可是到了南迁以后，他的感伤气分增多了。有时淡淡的一两句话，叫人读了为之黯然。且看他在儋耳的作品：

新春海上啸咏之余，有足乐者。岛中孤寂，春色所不到也！

——《与张朝请》

新酿四壶，开尝如宿昔，香味醇冽，有京、洛之风。逐客何幸得此？但举杯属影而已！

——同上

轻描淡写的"春色所不到也"和"但举杯属影而已"这么两句寻常的话，他那感伤的气分，确就敌过人家的数百千言。试把眼睛闭着一想，这是何等难堪的境地！像这种"弦外之音"，在他的尺牍里，是应该到处细心领略的。

再说他的诙谐风趣，特别善于调侃。例如他给徐得之贺生子的信：

得之晚得子，闻之喜慰可知。不敢以俗物为贺，所用石砚一枚送上。须是学书时矣。知似太早计，然俯仰间便自见其成立，但催迫吾侪日益潦倒尔！恐得之惜别，又复前去，家中阙人抱孩儿，深为不皇。呵呵！

再看他给贾耘老的信：

贫固诗人之常。齿落目昏，当是为双荷叶所困，未可专咎诗也。

双荷叶是贾家的小妓。这个玩笑,可是开得不小。总之,东坡的尺牍无论关于那一方面,都是富有诗意,而且一任自然,没有半点做作。我们读了它,大可开拓胸襟,化除滞相。可是,要想做到这种程度,那就要靠平日的修养,不是这本小册子所能奏功了。

山谷是东坡的得意门生。他名庭坚,字鲁直,洪州分宁人。曾经举过进士,起初做叶县尉,后来教授北京国子监。东坡看见他的诗文,夸奖他说是:"超轶绝尘,独立万物之表,世久无此作。"(《宋史·文苑传》)旋知太和县。哲宗立,召为校书郎,《神宗实录》检讨官。逾年,迁著作佐郎,加集贤校理。后又累迁国史编修官,知宣州,改鄂州。章惇、蔡卞说他修的《实录》不合事实,坐贬涪州别驾,黔州安置,又移戎州。他在戎州,泊然不以迁谪介意。蜀中人士多仰慕他从他讲学,造就不少的人才。徽宗即位,起监鄂州税,知舒州,以吏部员外郎召,皆不行。丐郡,得知太平州。到任才九日,罢主管玉龙观。因为和赵挺之有宿嫌,挺之说他做的《荆南承天院记》有些"幸灾乐祸",又坐除名,羁管宜州。三年,徙永州,未闻命就死了。

他的生平，也是矜尚气节的。因了文字得罪，又和东坡相同。虽然齐名不忝，可是我们不能不替他感叹啊！

讲到山谷的尺牍，多半是教人怎样做人和治学的，对于青年修养方面是有很多的益处。可是论起风趣来，似乎不及东坡。他对东坡南迁后的文字是佩服到"五体投地"的。看他答李端叔的信：

> 老来懒作文，但传得东坡及少游岭外文，时一微吟，清风飒然。顾同味者难得尔！

这可得到他晚年的趋向。他的尺牍，有时也仿佛东坡风度。例如《答李端叔》：

> 数日来骤暖，瑞香、水仙、红梅皆开，明窗净室，花气撩人，似少年时都下梦也。但多病之余，懒作诗尔！公比来亦游戏翰墨间耶？

这种笔调，是很近东坡的。

他教人治学和做人的道理，比较在全部尺牍里占的成分最多。他是注意躬行实践的学者，所以他在给洪甥

驹父的信上说:

> 孝友忠信,是此物之根本,极当加意。养以敦厚
> 醇粹,使根深蒂固,然后枝叶茂尔。

又在给徐甥师川的信上说:

> 学有要道,读书须一言一句,自求己事,方见古
> 人用心处。如此,则不虚用功。

又在给秦少章的信上说:

> 作文字不必多,每作一篇,要商榷精尽,检阅不
> 厌勤耳。

又在答王子予的信上说:

> 古人有言曰:"并敌一向,千里杀将。"要须心地
> 收汗马之功,读书乃有味;弃书册而游息时,书味犹
> 在胸中,久之乃见古人用心处。如此,则尽心一两

书，其余如破竹节，皆迎刃而解也。

这些看去似老生常谈，可是立身治学的要道，不外乎此，也是值得我辈当作"座右铭"的。

总之，尺牍是应世的主要文字，而《苏黄尺牍》又是古今尺牍中第　部杰作。两家的风趣，虽然各有不同，而信手拈来，都是作者全部人格和修养的表现，"超凡入圣"，读了可以启发人们的天机。这里面有的是妙语真情，挹之无尽。倘若把他当作寻常书信来看，那又不免"失之千里"了。

目

次

苏 轼

苏　轼

与李方叔〔一〕　黄州

久不奉书问为愧！递中〔二〕辱手书,劳勉益厚。无状〔三〕何以致足下拳拳〔四〕之不忘如此！比日起居何如？今岁暑毒,十倍常年,雨昼夜不止者十余日,门外水天相接。今虽已晴,下潦上蒸,病夫气息而已。想足下闭门著述,自有乐事。间从诸英唱和谈论,此可羡也。何时得会合？惟万万自重！不宣。

〔一〕李荐字方叔,华州人。少以文为苏轼所知,轼亡,荐哭之恸。著有《师友谈记》、《济南集》等书。

〔二〕递中:犹言邮中。

〔三〕无状:自谦之辞。

〔四〕拳拳:恳挚之意。

又　北归

顷年于稠人〔一〕中骤得张、秦、黄、晁及方叔、履常〔二〕,意谓天不爱宝,其获盖未艾也〔三〕!比来经涉世故,间关〔四〕四方,更欲求其似,邈不可得!以此知人决不徒出,不有立于先,必有觉于后。决不碌碌与草木同腐也。迨、过〔五〕皆不废学,可令参侍几研。

〔一〕稠人:犹言众人。

〔二〕张耒字文潜,楚州淮阴人,有《宛丘集》。秦观字少游,一字太虚,高邮人,有《淮海集》。黄庭坚字鲁直,号山谷道人,洪州分宁人,有《山谷全集》。晁补之字无咎,钜野人,有《鸡肋编》。四人皆以文字受知于轼,时称"苏门四学士"。陈师道字履常,一字无己,彭城人,工诗,为轼所爱重,与黄庭坚齐名,时称"黄陈",有《后山集》。

〔三〕未艾:犹未已也。

〔四〕间关:艰涩之义,状道路之难行。

〔五〕迨、过：皆轼子。

又　北归

某启：比〔一〕辱手教，迩来所履如何？某自恨不以一身塞罪，坐累朋友。如方叔飘然一布衣〔二〕，亦几不免。淳甫〔三〕、少游、又安所获罪于天，遂断弃其命，言之何益，付之清议〔四〕而已！忧患虽已过，更宜掩口以安晚节也。不讶！不讶〔五〕！

〔一〕比：近也。
〔二〕布衣：谓未入仕途之人。
〔三〕范祖禹字淳甫，一作纯夫，华阳人。
〔四〕清议：谓清流所持之议论，犹言舆论也。
〔五〕讶：惊怪之状。

与徐仲车〔一〕

昨日既蒙言赠，今日又荷心送，盎然〔二〕有得，载之而南矣。辱手教，极荷厚爱。孔子所谓："忠焉能勿诲乎？"〔三〕当书诸绅〔四〕，寝食不忘也。

〔一〕徐仲车：名积，山阳人，治平四年进士，有《节孝集》。

〔二〕盎：厄浪切，漾韵。盎然，盛貌。

〔三〕见《论语·宪问篇》。

〔四〕绅：诗音切，音申，大带也。《论语》："子张书诸绅。"

与吴秀才 黄州

某启：相闻久矣，独未得披写相尽，常若有所负。罪废沦落，屏迹郊野，初不意舟从便道，有失修敬。不谓过予，冲冒大热，间关榛莽，曲赐照顾，一见洒然〔一〕，遂若平生之欢。典刑〔二〕所钟，既深叹仰，而大篇璀璨〔三〕，健论抑扬，盖自去中州，未始得此胜侣也！钦佩不已，俯求衰晚，何以为对？送别堤下，恍然如梦，觉陈迹具存，岂有所遇而然耶？留示珠玉〔四〕，正快如九鼎〔五〕之珍，徒咀嚼一脔〔六〕，宛转而不忍下咽也。未知舟从定作几日计？早晚过金陵，当得款奉。

〔一〕洒然：惊貌。

〔二〕《诗》："虽无老成人，尚有典刑。"《郑笺》："犹有常事故法可案用也。"

〔三〕璀：取悔切，催上声。璨：次案切，音粲。璀璨，玉光也。

〔四〕珠玉：指文章。

〔五〕鼎：铜器，古以盛食物。

〔六〕脔：吕转切，恋上声，块切肉也。

与彦正判官

古琴当与响泉、韵磬〔一〕并为当世之宝，而铿金瑟瑟〔二〕，遂蒙辍惠，报赐之间，赧汗〔三〕不已！又不敢远逆来意，谨当传示子孙，永以为好也。然某素不解弹，适纪老枉道见过，令其侍者快作数曲，拂历铿然，正如若人之语也。试以一偈〔四〕问之："若言琴上有琴声，放在匣中何不鸣？若言声在指头上，何不于君指上听？"录以奉呈，以发千里一笑也。寄惠佳纸、名荈〔五〕，重烦厚意，一一捧领讫，感怍〔六〕不已。适有少冗，书不周谨。

〔一〕磬：器径切，音謦，乐器，以玉或石为之。

〔二〕铿：渴耕切，音砼，金声。瑟瑟：风声。

〔三〕赧：你板切，潸韵。赧然汗下，言惭愧也。

〔四〕偈：极艺切，音忌。佛家所唱词句谓之偈。

〔五〕荈：杵转切，音舛，茶之晚取者。

〔六〕怍：字咢切，药韵，惭愧也。

与毛泽民推官〔一〕　惠州

公素人来，得书累幅。既闻起居之详，又获新诗一篇，及公素寄示《双石记》。居夷久矣，不意复闻韶、濩〔二〕之余音。喜慰之极，无以云喻。久废笔砚，不敢继和，必识此意。会合无期，临书悯悯。

秋暑，万万以时自厚。

寓居粗遣，本带一幼子来。今者长子又授韶州^{〔三〕}仁化令，冬中当挈家至此。某已买得数亩地，在白鹤峰上，古白鹤观基也。已令斫木陶瓦，作屋三十许间，今冬成。去七十无几，矧未能必至耶，更欲何之？以此神气粗定，他更无足为故人念者。圣主方设科求宏词，公傥有意乎？

〔一〕毛滂字泽民，江山人。元祐中，轼守杭州，滂为法曹。轼得其所为文，深器重之。有《东堂集》。

〔二〕韶、薄：乐名，殷汤所作。

〔三〕韶州：今广东曲江县。

又 黄州

新居在大江上，风云百变，足娱老人也。有一书斋名思无邪^{〔一〕}，闲知之。寄示奇茗，极精而丰，南来未始得也！亦时复有山僧逸民，可与同赏，此外但缄而藏之耳。佩荷厚意，永以为好。

《秋兴》之作,追配骚人矣!不肖何足以窥其粗?遇不遇自有定数,然非厄穷无聊,何以发此奇思,以自表于世耶?敬佩来贶[二],传之知音,感愧之极!数日适苦壅嗽,殆不可堪,强作报,灭裂[三]。死罪!

〔一〕《论语》:"《诗》三百,一言以蔽之,曰思无邪。"

〔二〕贶:许旺切,音况,赐与也。

〔三〕《庄子》:"君为政焉勿卤莽,治民焉勿灭裂。"《注》:"卤莽灭裂,轻脱末略,未尽其分。"

与温公[一] 徐州

春末,景仁丈[二]自洛还,伏辱赐教,副以《超然》[三]雄篇,喜忭累日。寻以出京无暇,比到官,随分纷纠,久稽裁谢,悚怍无已!比日,不审台候何如?某强颜忝窃,中所愧于左右者多矣。未涯瞻奉,惟冀为国自重。谨奉启问。

某再启:《超然》之作[三],不惟不肖附托以为宠,遂使东方陋州,为不朽之盛事,然所以奖与则过矣。久不见公新文,忽领《独乐园记》,诵味不已。辄不自揆,作一诗,聊发一笑耳。彭城[四]佳山水,鱼蟹侔江湖,争讼寂然,盗贼衰少,聊可藏拙。但朋游阔远,舍弟非久赴任,益岑寂矣。

〔一〕司马光字君实,夏县人。官至尚书左仆射,卒赠太师、温国公。著有《资治通鉴》《独乐园集》等书。

〔二〕范镇字景仁,华阳人。

〔三〕轼知密州时,曾于署后筑超然台。

〔四〕彭城:即徐州。时轼自密州移知徐州。

又　黄州

谪居穷僻[一],如在井底,杳不知京洛[二]之耗,不审迩日寝食何如? 某以愚暗获罪,咎自己招,无足言者。但波及左右,为恨殊深,虽高风伟度,非此细故所能尘垢,然某思之,不啻芒背尔[三]。寓居去江无十步,风涛烟雨,晓夕百变,江南诸山,在

几席下,此幸未殆有也!虽有窘乏之忧,亦布褐藜
藿而已。瞻晤无期,临书惘然!伏乞以时善加
调护。

〔一〕时轼贬官黄州团练副使。

〔二〕京洛:谓汴京、洛阳也。

〔三〕芒背:谓知芒刺之在背。

与鲁直

晁君〔一〕寄骚〔二〕,细看甚奇,信其家多异材耶!
然有少意,欲鲁直以己意微箴之〔三〕。凡人文字,
当务使平和,至足之余,溢为奇怪,盖出于不得已
尔。晁文奇怪似差早,然不可直云耳。非谓避讳
也,恐伤其迈往之奇;当为朋友讲磨之语乃宜。不
知公谓然否?

〔一〕晁君:当谓晁补之。

〔二〕骚:《离骚》体文字也。

〔三〕箴：支音切，音斟，规戒也。

又　惠州

某启：方惠州遣人致所惠书，承中途相见，尊候甚安。即日想已达黔中〔一〕，不审起居何如，土风何似？或云大率似长沙，审尔，亦不甚恶也。惠州〔二〕久已安之矣，度黔亦无不可处之道也。开行囊中无一钱，途中颇有好事者，能相济给否？某虽未至此，然亦凛凛然；水到渠成，不须预虑。但数日苦痔病，百药不瘳，遂断肉菜五味，日食淡面两碗，胡麻、茯苓〔三〕数杯。其戒又严于鲁直，但未能作文自誓，且日戒一日，庶几能终之。非特愈痔，所得多矣！子由得书，甚能有益于枯槁也。文潜在南极安，少游谪居甚自得，淳甫亦然，皆可喜。独元老奄忽，为之流涕。病剧久矣，想非由远适也。幽绝，书问难继，惟倍万保重！不宣。

有侄婿王郎，名庠，荣州人。文行皆超然，笔力有余，出语不凡，可收为吾党也。自蜀遣人来惠，云："鲁直在黔，决当往见，求书为先容。"嘉其有奇操，故为作书。然旧闻太夫人多病，未易远去，谩为一言。眉山有程道诲者，亦奇士，文益老，王郎盖师之。此两人者，有致穷之具，而与不肖为亲，又欲往求鲁直，其穷殆未易量也！

〔一〕黔中：今贵州地。时庭坚坐轼党贬官黔中。

〔二〕惠州：今广东惠阳县，时轼方贬官于此。

〔三〕胡麻、茯苓：皆药名。

与陈传道　京师

某启：久不接奉，思仰不可言！辱专人以书为贶，礼意兼重，捧领惕然〔一〕。且审比来起居佳胜。某以衰病，难于供职，故坚乞一闲郡，不谓更得烦剧！然已得请，不敢更有所择，但有废旷不治之忧耳。而来书乃有遇不遇之说，甚非所以安全不肖也。某凡百无取，入为侍从〔二〕，出为方面〔三〕，此而不遇，复以何者为遇乎？来使立告回，区区百不尽一。乍远,千万自爱!

〔一〕惕:梯激切,音剔,惧也。

〔二〕侍从:谓文学侍从之臣。

〔三〕方面:谓官太守,独当一面也。

又

久不上问,愧负深矣!忽枉手讯,劳来[一]勤甚,夙昔之好,不替有加。兼审比来起居佳胜,感慰兼集。新旧诸诗,幸得敬览,不意余生复见斯作!古人日远,俗学衰陋,作者风气,犹存君家伯仲间。近见报,履常作正字[二],伯仲介特之操,处险益励,时流孰知之者?用是占之,知公议少伸耶。传道岂久筦库者?未由面谈,惟冀厚自爱重而已!

〔一〕劳来:慰勉之意。劳,读去声。

〔二〕正字:官名。

与王敏仲　惠州

　　某垂老投荒[一]，无复生还之望。昨与长子迈诀，已处置后事矣！今到海南，首当作棺，次便作墓，仍留手疏与诸子，死即葬于海外。庶几延陵季子嬴博之义[二]，父既可施之子，子独不可施之父乎？生不挈家，死不扶柩，此亦东坡之家风也。此外燕坐寂照[三]而已。所云途中邂逅，意谓不如其已，所欲言者，岂有过此者乎？故觑缕[四]此纸，以代面别。

　　〔一〕投荒：远窜也。

　　〔二〕春秋时吴季札居延陵，称延陵季子，尝葬其子于嬴博之间，不封不树。

　　〔三〕寂照：佛家语，谓静寂而心光明朗也。

　　〔四〕觑：卢讹切，歌韵。觑缕，委曲也。

又　惠州

某再启：林医遂蒙补授，于旅泊处〔一〕衰病，非小补也。又工小儿、产科。幼累将至，且留调理，渠欲往谢，未令去也，乞不罪。治瘴止用姜、葱、豉三物浓煮热呷，无不效者。而土人不知作豉，又此州无黑豆，闻五羊〔二〕颇有之，便乞为致三石，得为作豉，散饮病者。不罪！不罪！

〔一〕旅泊：谓羁旅漂泊也。

〔二〕五羊城即今广州城。昔高固为楚相，五羊衔谷萃于楚庭，故广州厅事，梁上画五羊像。

与郑靖老　北归

某启：到雷州〔一〕见张君俞，首获公手书累幅，欣慰之极，不可云喻！到廉〔二〕，廉守乃云公已离邕矣〔三〕。方怅然，欲求问从者所在，少通区区，忽得来教,释然。又得新诗,皆秀杰语,幸甚!幸甚!别来百罹[四],不可胜言,置之不足道也。《志林》竟未成,但草得《书传》十三卷[五],甚赖公两借书籍检阅也。向不知公所存,又不敢带行,封作一笼,寄迈处,令访寻归纳。如未有便,且寄广州何道士处,已深嘱之,必不敢坠。某留此过中秋,或至月末乃行。至北流[六],作竹筏下水,历容、藤至梧[七]。与迈约令般家至梧相会。中子迨亦至惠矣,却雇舟泝贺江[八]而上,水陆数节,方至永[九]。老业可奈可奈!未会间以时自重!不宣。

〔一〕雷州:今广东海康县。

〔二〕廉:今广东合浦县。

〔三〕邕:今广西邕宁县。

〔四〕百罹:犹百忧也。

〔五〕《志林》、《书传》皆轼所著书。

〔六〕北流:今广西县名。

〔七〕容:今广西容县。藤:今广西藤县。梧:今广西苍梧县。

〔八〕贺江：源出广西富川县南，至广东，入西江。

〔九〕永：今湖南零陵县。

又

某见张君俞，乃知公中间亦为小人所捃摭〔一〕。令史〔二〕以下，固不知退之《讳辩》〔三〕也。而卿贰〔四〕等亦尔耶！进退有命，岂此辈所制？知公奇伟，必不经怀也。某须发尽白，然体力元不减旧，或不即死，圣恩汪洋，更一赦，或许归农，则带月之锄，可以对秉也〔五〕。本意专欲归蜀，不知能遂此计否？蜀若不归，即以杭州为佳。朱邑〔六〕有言："子孙奉祠我，不如桐乡之民。"不肖亦云。然外物不可必，当更临事随宜，但不即死，归田可必也，公欲相从于溪山间，想是真诚之愿。水到渠成，亦不须预虑也。此生真同露电〔七〕，岂适把玩耶？某顿首。

〔一〕捃摭：拾取之也。捃，据运切，君去声。摭，之益切,音只。

〔二〕令史:官阶,较卿贰低。

〔三〕韩愈字退之,曾著《讳辩》。

〔四〕卿贰:官阶,较令史高。

〔五〕陶潜诗:"晨兴理荒秽,带月荷锄归。"秉:执持也。

〔六〕朱邑:汉舒人,曾为桐乡令,官至大司农,死葬桐乡。

〔七〕《金刚经》:"如露亦如电。"

与滕达道

某到此,时见荆公〔一〕,甚喜,时诵诗说佛也。公莫略往一见和甫〔二〕否?余非面莫能尽。某近到筠见子由〔三〕,他亦得旨指射近地差遣,想今已得替矣。吴兴风物,足慰雅怀。郡人有贾收耘老者,有行义,极能诗,公择〔四〕、子厚皆礼异之,某尤与之熟,愿公时顾,慰其牢落也。近过文肃公楼,徘徊怀想风度不能去。某至楚、泗间,欲入一文字乞于常州〔五〕住。若幸得请,则扁舟谒公有期矣。

〔一〕王安石字介甫,号半山,临川人,官至宰相,封荆国公,有《临川集》。

〔二〕王安礼字和甫,安石弟。

〔三〕苏辙字子由,轼弟。筠,今江西高安县。时子由方监筠州酒税。

〔四〕公择:李常也,曾知湖州。

〔五〕常州:今江苏武进县。

又

闻张郎已授得发勾,春中赴任,安道〔一〕必与之俱来。某若得旨,当与之同舟而南,穷困之中,一段乐事,古今罕有也。不知遂此意否?秦太虚言,公有意拆却逍遥堂〔二〕横廊。窃谓宜且留之,想未必尔,聊且言之。明年见公,当馆于此。公雅度宏伟,欲其轩豁〔三〕,卑意又欲其窈窕〔四〕深密也。

如何？不罪。四声可罢之，万一浮沉，反为患也。幸深思之。不罪。

〔一〕张方平字安道。

〔二〕逍遥堂：在徐州。

〔三〕轩豁：开朗貌。

〔四〕窈窕：深远貌。

又

某再启：前蒙惠建茗〔一〕，甚奇，醉中裁谢不及，悚愧之极。本州见阙，不敢久住。远接人到便行，会合邈未有期，不免怅惘。舍弟召命，盖虚传耳。君实恩礼既异，责望又重。不易，不易！某旧有《独乐园诗》云："儿童诵君实，走卒知司马。持此将安归？造物不我舍。"今日类诗谶矣〔二〕。见报中宪〔三〕言玉汝右揆〔四〕，当世见在，告必知之。京东有干，幸示谕。

〔一〕建茗：谓福建所产茶也。

〔二〕讖：差潛切，沁韵，兆也。

〔三〕中宪：官名。

〔四〕韩缜字玉汝，开封雍邱人。右揆：右丞相也。

又

某闲废无所用心，专治经书，一二年间欲了《论语》《书》《易》，舍弟亦了却《春秋》《诗》。虽拙学，然自谓颇正古今之误，粗有益于世，瞑目无憾。往往又笑不会取快活，是措大〔一〕余业。闻令子手笔甚高，见其写字，想见其人超然者也。

〔一〕《资暇录》："代称士流为措大，言其峭醋而冠四民之首。一说衣冠俨然，望望有不可犯之色，如醋之酸而难饮也，故亦谓之酸子。"

又 黄州

某启：知前事尚未已，言既非实，终当别白，但目前纷纷众所共悉也。然平生学道,专以待外物之变,非意之来,正须理遣耳。若缘此得暂休逸,乃公之雅意也。黄当江路〔一〕,过往不绝,语言之间,人情难测,不若称病不见为良计。二年不知出此,今始行之耳。西事〔二〕得其详乎?虽废弃,未忘为国家虑也。此信的可示其略否?书不能尽区区。

〔一〕黄:黄州也,前临长江。
〔二〕西事:谓西夏犯边事也。

又

示喻宜甫梦遇,于传有无。某闻见不广,何足以质〔一〕?然冷暖自知,殆未可以前人之有无为证也。自闻此事,而士大夫多异论,意谓中途必一见,得相参扣,竟不果。此意众生流浪火宅〔二〕,缠绕爱贼〔三〕,故为饥火所烧。然其间自有烧不着处,一念清净,便不服食,亦理之常,无足怪者。方

其不食，不可强使食，犹其方食，不可强使之不食
也。此间何必生异论乎？愿公以食不食为旦暮，
以仕不仕为寒暑，此外默而识之。若以不食为胜
解，则与异论者相去无几矣。偶蒙下问，辄此奉启
而已。不罪。

〔一〕质：证明之意。
〔二〕火宅：佛家语，以火宅喻三界之死生也。
〔三〕爱贼：亦佛家语，言爱者害人，有如盗贼也。

又　扬州

少恳布闻，不罪！某好携具野饮，欲问公求红
朱累子两桌二十四隔者〔一〕，极为左右费，然遂成
藉草之乐，为赐不浅也。有便，望颁示。悚息！悚
息！某感时气，卧疾逾月，今已全安。但幼累更
卧，尚纷纷也。措道人名世昌，绵竹人〔二〕，多艺。
然可闲考验，亦足以遣懑也。留此几一年，与之稍
熟，恐要知。

〔一〕累子：所以盛食物，犹今之食隔也。

〔二〕绵竹：今四川县名。

又　扬州

某再启：近在扬州入一文字[一]，乞常州住，如向所面议。若未有报，至南都当再一入也。承郡事颇烦齐整，想亦期月之劳尔。微疾虽无大患，然愿公无忽之，常作猛兽、毒药、血盆、脓囊观乃可，勿孤吾党之望，而快群小之志也。情切言尽，恕其拙，幸甚。所有二赋，稍晴写得寄上。次只有近寄潘谷求墨一诗，录呈可以发笑也。衲衣寻得，不用更寻。累卓感留意，悚怍之甚。甘子已拜赐矣。北方有干，幸示谕。

〔一〕入一文字：谓上一次奏折也。

又

某启：一别四年，流离契阔[一]，不谓复得见公。执手恍然,不觉涕下！风俗日恶,忠义寂寥,见公使人,差增气也！别来情怀不佳,忽得来教,甚解郁郁。且审起居佳胜为慰。某以少事,更数日方北去。宜兴[二]田已问去,若得稍佳者,当扁舟径往视之,遂一至湖[三]。见公固所愿,然事有可虑者,恐未能往也。若得请居常,则固当全治下搅挠公数月也。未间,惟万万为时自重。

〔一〕契:乞噎切,读若揭。契阔,勤苦也。
〔二〕宜兴:今江苏县名。
〔三〕湖·谓湖州。

与朱康叔[一]　黄州

某再拜。近奉书,并舍弟书,想必达。胡掾至[二],领手教,具审起居佳胜。兼承以舍弟及贱累至[三],特有厚贶,羊面酒果,一捧领讫,但有惭怍。舍弟离此数日,来教寻付洪州递与之[四]。

已迁居江上临皋亭[五],甚清旷。风晨月夕,

・25・

杖履野步,酌江水饮之,皆公恩庇之余波,想味风义,以慰孤寂。寻得去年六月所写诗一轴,寄去以为一笑。酷暑,万乞保练!

〔一〕朱寿昌字康叔,扬州天长人。

〔二〕掾:欲倦切,缘去声,古佐贰官之通称。

〔三〕贱累:谓家眷也。

〔四〕洪州:今江西南昌。递:递信之人,犹今之邮差也。

〔五〕临皋亭:在湖北黄州。

又　黄州

某启:酷暑不可过,百事堕废,稍疏上问,想不深讶。比日伏想尊履佳胜。别乘过郡,承赐教及惠新酒,到此如新出瓮,极为珍奇,感愧不可言。因与二三佳士会饮,同感德也。秋热,更望保练,行膳〔一〕峻陟〔二〕。

〔一〕膺：受也。

〔二〕峻陟：犹言高升也。

又 黄州

阁名久思未获佳者，更乞详阁之所向及侧近故事、故迹为幸。董义夫[一]相聚多日，甚欢，未尝一日不谈公美也。旧好诵陶潜《归去来》，尝患其不入音律，近辄微加增损，作[般涉调]《哨遍》[二]，虽微改其词，而不改其意，请以《文选》及本传考之，方知字字皆非创入也。谨作小楷一本寄卜，却求为书，抛砖[三]之谓也。亦请录一本与元弼，为病倦，不及别作书也。数日前饮，醉后作顽石乱筿一纸，私甚惜之。念公笃好，故以奉献，幸检至。

〔一〕董钺字义夫，鄱阳人，自东川罢官归，曾过黄州访轼。

〔二〕般涉调：为燕乐所用宫调之一。《哨遍》：曲牌名。

〔三〕抛砖引玉，自谦之辞，语出于唐代赵嘏、常建题诗故事。

又　黄州

某启：武昌传到手教，继辱专使堕简[一]，感服并深。比日尊体佳胜。节物清和，江山秀美，府事整办，日有胜游，恨不得陪从耳！双壶珍贶，一洗旅愁，甚幸！甚幸！佳果收藏有法，可爱！可爱！拙疾，乍到不谙土风所致，今已复常矣。子由尚未到，真寸步千里也！未由展奉，尚冀以时自重。

〔一〕堕简：犹言赐书。

与李之仪[一]　北归

某年六十五矣！体力毛发，正与年相称，或得复与公相见，亦未可知。已前者皆梦，已后者独非梦乎？置之不足道也。所喜者，在海南了得《易》《书》《论语传》数十卷，似有益于骨朽后人耳目也。

少游遂卒于道路[二]，哀哉痛哉！世岂复有斯人乎？端叔亦老矣，迨[三]云须发已皓然，然颜极丹且渥[四]，仆亦正如此。各宜阔啬[五]，庶几复见也。儿侄辈在治下，频与教督，一书幸送与。某大醉中不成字，不罪！不罪！

〔一〕李之仪：字端叔，无棣人。能文，尤工尺牍，轼称其入刀笔三昧，有《姑溪词》。

〔二〕秦观南迁，死于藤州。

〔三〕迨：轼次子。

〔四〕渥：润泽也。

〔五〕阔啬：犹言保养也。

又　真州

某以囊装罄尽，而子由亦久困无余，故欲就食淮浙。已而深念老境，知有几日，不可复作两处。又得子由书，及见教，语尤切已，决归许下矣[一]。但须少留仪真[二]，令儿子往宜兴，刮制变转，往还须月余,约至许下已七月矣。去岁在廉州托孙叔静寄书及小诗,达否? 叔静云:"端叔一生坎轲〔三〕,晚节益牢落〔四〕。正赖鱼轩〔五〕贤德,能委曲相顺,适以忘百忧。此岂细事? 不尔,人生岂复有佳味乎?"叔静相友,想得其详,故辄以奉庆。忝契,不罪。

〔一〕许下:今河南许昌县。

〔二〕仪真:今江苏仪征县。

〔三〕坎轲:行不利也。

〔四〕牢落:落拓不偶也。

〔五〕鱼轩:谓夫人也。《左传注》:"鱼轩,夫人事,以鱼皮为饰。"

又 北归

近孙叔静奉书,远递得达否? 比来尊体如何? 眷聚各安胜。某蒙恩领真祠〔一〕,世间美仕复有过此者乎? 伏惟君恩之重,不可量数,遥知朋友为我喜而不寐也。今已到虔[二]，即往淮浙间居处，多在毗陵也[三]。子由闻已归许，秉烛相对，非梦而何[四]？一书乞便与。余惟万万自爱。某再拜。

〔一〕宋代官府之卸任者，多食祠禄。时轼南迁放归，有提举玉局观之命，所谓领祠也。

〔二〕虔：今江西赣县。

〔三〕毗陵：今江苏常州。

〔四〕杜甫诗："夜阑更秉烛，相对如梦寐。"

与冯祖仁 南迁

蒙示长笺，粲然累幅，光彩下烛，衰朽增华。但以未拜告命[一]，不敢具启答谢，感怍不可言喻。老瘁不复畴昔，但偶未死耳。水道间关寸进，更二十余日，方至曲江[二]，首当诣宇下。区区非面不既[三]，乏人写大状，不罪。手拙，简略不次。

〔一〕未拜告命：谓未奉诏书也。

〔二〕曲江：今广东县名。

〔三〕不既：不尽也。

与广西宪曹司勋　惠州

某启：专人至，赐教累幅，慰附周至。且审比来起居佳胜，感慰兼至！某得罪几二年矣，愚陋贪生，辄缘圣主宽贷之慈，灰心槁形〔一〕，以尽天年，即目殊健也。公别后，闻微疾尽去，想今益康佳。养生亦无他术，安寝无念，神气自复。知吕公读《华严》〔二〕有得，固所望于斯人也。居闲偶念一事，非吾子方莫可告者。故崇仪陈侯，忠勇绝世，死非其罪。庙食西路〔三〕，威灵肃然，愿公与程之邵议之。或同一削〔四〕，乞载祀典，使此侯英魄，少信眉〔五〕于地中。如何如何？然慎勿令人知不肖有言也。陈侯有一子在高邮〔六〕，白首，颇有立知之。蒙惠奇茗、丹砂、乌药，敬饵之矣。西路洞丁，足制交人〔七〕，而近岁绥驭〔八〕少方，殆不可用，愿为朝廷熟讲之。此外惟万万自重。

〔一〕《庄子》:"形固可使如槁木,而心固可使如死灰乎?"

〔二〕《华严》:佛经。

〔三〕庙食:谓立庙祭飨也。

〔四〕一削:谓削简上书也。

〔五〕信眉:犹言扬眉吐气。信,与伸通。

〔六〕高邮:今江苏县名。

〔七〕洞丁:蛮洞中丁壮,即苗子也。交:交趾也。

〔八〕绥驭:谓安抚驾驭也。

又 惠州

公劝某不作诗,又却索近作。闲中习气,不免有一二,然未尝传出也。今录三首奉呈,看毕便毁之,切祝千万!惠州风土差厚,山水秀邃,食物粗有,但少药耳。近报有"永不叙复"〔一〕旨挥〔二〕,正坐稳处,亦且任运也。子由频得书,甚安。某惟少子随侍,余皆在宜兴。见今全是一行脚僧〔三〕,但喫些酒肉耳。此书此诗,只可令之邵一阅,余人勿示也。

〔一〕永不叙复：谓永久不得复官也。

〔二〕旨挥：犹言命令。

〔三〕行脚僧：犹言游方和尚。

与范梦得

某启：一别俯仰十五年，所喜君子渐用，足为吾道之庆。比日起居何如？某旦夕南迁，后会无期，不能无怅惘也。过扬，见东平公极安，行复见之矣。新著必多，无缘借观，为耿耿耳。乍暄[一]，惟顺候自重。因李豸秀才行，附启上问。不宣。

〔一〕暄，虚鸳切，元韵，日暖也。

与孙叔静

昨日辱临顾，夙昔之好，不替有加，感叹深矣！

属饮药汗后,不可以风[一],未即诣谢。又枉使
旌[二],重增悚惕。捧手教,且审尊体佳胜。旦夕
造谒,以究所怀。

〔一〕不可以风:犹言不可以受风凉也。

〔二〕使旌:使者之旌节。此犹今言劳驾也。

又　北归

已别,瞻企不去心。辱手教,且审佳胜,感慰
之极。早来,风起,舟不敢解[一],故复少留,因来
净惠[二]与惠州三道人语耳。无缘重诣,临纸
怅怅。

〔一〕解:解缆也,此谓不可开船。

〔二〕净惠:寺名。

又　北归

眉山人[一]有巢谷者,字元修,曾应进士武举,

皆无成。笃于风义,已七十余矣!闻某谪海南[二],徒步万里,来相劳问,至新兴[三]病亡。官为藁殡[四],录其遗物于官库。元修有子蒙,在里中,某已使人呼蒙来迎丧,颇助其路费,仍约过永而南,当更资之。但未到耳,旅殡无人照管,或毁坏暴露,愿公愍其不幸。因巡检至其所,特为一言于彼守令,得稍治其殡,常戒主者保护之,以须[五]其子之至,则恩及存亡耳。死罪!死罪!

〔一〕眉山:今县名,属四川。

〔二〕海南:今广东琼崖地。

〔三〕新兴:今县名,属广东。

〔四〕藁殡:谓草草殡殓也。

〔五〕须:待也。

答刘贡父[一]

久阔暂聚,复此违异,怅惘至今!公私纷纷,有失驰问。辱书,感怍无量!字画妍洁,及问来使,云:"尊貌比初下车〔二〕时,皙〔三〕且泽矣。"闻之喜甚。比来起居想益佳。何日归觐〔四〕,慰士大夫之望? 未闲,万万为时自重! 不宣。

〔一〕刘攽字贡父,号公非,新喻人。官至中书舍人,曾佐司马光修《资治通鉴》,有《公非先生集》。

〔二〕下车:犹言上任也。

〔三〕皙:屑檄切,音析,明辨也,沿用为"白皙"之皙。

〔四〕觐:忌印切,音仅。朝见天子曰觐。

答曾子宣〔一〕

某启:辱教,伏承台候万福为慰。《塔记》非敢慢,盖供职数日,职事如麻,归即为词头〔二〕所迫,率以半夜乃息,五更复起,实未有余暇。乞限一月,所敢食言者有如河〔三〕。愿公一笑而恕之。且夕当卜一邂逅而别。

〔一〕曾布字子宣,南丰人。巩弟,官至右仆射,与蔡京不相能,责授舒州司户,卒。

〔二〕词头:当指案牍。

〔三〕食言:行反其言也。有如河:指河水为誓也。

与李公择[一]

秋色佳哉!想有以为乐。人生惟寒食、重九,慎不可虚掷,四时之变,无如此节者。近有潮州人[二]寄一物,其上云"扶劣膏",不言何物。状似羊脂而坚,盛竹筒中,公识此物否?味其名,必佳物也。若识之,当详以示,可分去,或问习海南者。子由近作《栖贤僧堂记》[三],读之惨懔,觉崩崖飞瀑,逼人寒栗。

〔一〕李常字公择,建昌人。与王安石善,而极言安石所行新法不便,官至御史中丞。

〔二〕潮州:今广东潮安县。

〔三〕庐山有栖贤寺,风景绝幽。

与姜唐佐秀才[一]

今者霁色尤可喜。食已,当取天庆[二]乳泉,
泼建茶之精者,念非君莫与共之。然蚤来市无肉,
当相与啖菜饭尔。不嫌,可只今相过。某启上。

〔一〕姜唐佐:名君弼,琼州进士。

〔二〕天庆:道观名。

又

适写此简,得来示,知巡检有会,更不敢邀请。
会若散早,可来啜茗否?酒、面等承佳惠,感愧!
感愧!来旦饭必如诺。十月十五日白。

又　儋耳

某已得合浦[一]文字,见治装,不过六月初离

此。只从石排或澄迈〔二〕渡海,无缘更到琼〔三〕会见也。此怀甚惘惘。因见贰车〔四〕,略道下悃。有一书至儿子迈处,从者往五羊时为带去,转托何崇道附达为幸。

儿子治装冗甚,未及奉启。所借《烟萝子》两卷、《吴志》四册、《会要》两册,并驰纳。

〔一〕合浦:今县名,属广东。

〔二〕澄迈:今县名,清属广东琼州府。

〔三〕琼州:今广东琼山县。

〔四〕贰车:谓佐杂官也。

与傅维岩秘校 儋耳

某启:专人至,承不鄙罪废,长笺见及,援证今古,陈义甚高,伏读感愧。仍审比来起居佳胜,至慰至慰!守局海徼〔一〕,淹屈才美。然仕无高下,但能随时及物,中无所愧,即为达也。伏暑,万万自爱。不宣。

〔一〕徼：记要切，音叫，边徼也，以木栅为蛮夷界也。

又　儋耳

官事有暇，得为学不辍否？有可与往还者乎！此间百事不类海北，但杜门〔一〕面壁〔二〕而已。彼中如有麄〔三〕药治病者，为致少许。此间如苍术、橘皮之类，皆不可得；但不嫌麄贱，为相度致数品。不罪不罪！

〔一〕杜门：闭门也。

〔二〕面壁：面朝壁而坐，如老僧入定时情景也。

〔三〕麄：与粗通。

与林天和长官

某启：近数奉书，想皆达。雨后清和，起居佳胜。花木悉佳品，又根拨不伤，遂成幽居之趣。荷雅意无穷，未即面谢为愧耳！人还，匆匆。不宣。

又

某启：昨辱访别，尤荷厚眷。恨老病龙钟[一]，不果诣达，愧负多矣。经宿起居如何？果成行未？忘己为民，谁如君者？愿益进此道，譬之农夫，不以水旱而废穮蓘也[二]。此外万万自爱。不宣。

〔一〕龙钟：古叠韵形容字，本作陇种，言身体衰惫也。

〔二〕穮：卑天切，读如标，耘田也。除草也。蓘：古稳切，音袞，以土壅苗根也。《左传》："是穮是蓘。"

又

某启：比日蒸热，体中佳否？承惠杨梅，感佩之至！闻山姜花欲出，录梦得[一]诗去，庶致此馈也。呵呵。丰乐桥数木匠请假暂归，多日不至，敢烦旨麾勾押[二]送来为幸。草草奉启，不罪。

〔一〕刘禹锡字梦得,唐代诗人。

〔二〕旨麾勾押:谓发令遣差役将其勾取押解也。

又　儋耳

高君一卧遂化〔一〕,深可伤念! 其家不失所否? 瘴疫横流,僵仆者不可胜计。奈何! 奈何!某亦旬日之间丧两女使,谪居牢落,又有此狼狈〔二〕,想闻之亦为之怃然也〔三〕。某再启。

〔一〕古称人死为乘化。

〔二〕狼狈:谓颠蹶困顿也。《博物典汇》:"狼前二足长,后二足短,狈前二足短,后二足长,狼无狈不立,狈无狼不行。"

〔三〕怃然:失意貌。怃,无辅切,音武。

又

某启:近日辱书,伏承别后起居佳胜,甚慰驰仰。数夕月色清绝，恨不同赏，想亦对景独酌而已！未即披奉[一]，万万自重！人还，布启，不宣。

〔一〕披奉：犹言披心奉见也。

又

某启：近辱过访，病中恨不款奉[一]！人来，枉手教，具审起居佳胜，至慰！至慰！且夕中秋，想复佳风月，莫由陪接，增怅仰也。乍凉，万万自重！不宣。

〔一〕款奉：谓款待接奉也。

又

某启：辱书，伏承起居佳胜。示谕幼累已到，诚流寓中一喜。然老稚纷纷，口众食贫，向之孤寂，未必不佳也。可以一笑。蒸郁未解，万万以时自重！不宣。

又

某启：昨日江干邂逅[一]，未尽所怀。来日欲奉屈蚤膳，庶小款曲[二]。阙人，不获躬诣，不罪。

〔一〕邂：系隘切，读如械。逅：荷漏切，音候。邂逅，不期而会也。

〔二〕款曲：谓表示诚意。

与张朝请　儋耳

某启：兄弟流落，同造治下[一]，蒙不鄙遗，眷待有加，感服高谊，悚佩不已！别来未几，思仰日深。比来起居何如？某已到琼，过海无虞，皆托余庇[二]。且夕西去，回望逾远，后会无期，惟万万若时自重[三]，慰此区区！途次裁谢，草草，不宣。

〔一〕治下：谓所治之境内也。

〔二〕余庇：犹余荫。

〔三〕若时：犹言顺时也。

又　儋耳

海南风物，与治下略相似。至于食物，人烟萧条之甚，去海康〔一〕远矣。到后，杜门默坐，喧寂一致也。蒙差人津送，极得力，感感。舍弟居止处，若得早成，令渠获一定居，遗物离人而游于独，乃公之厚赐也。儿子干事，未暇上状，不罪。某上启。

〔一〕海康：今县名，清属广东雷州府。

又　儋耳

某再启：闻已有诏命，甚慰舆议〔一〕，想旦夕登途也，当别具贺幅。某阙人写启状，止用手书，乞加恕也。子由荷存庇深矣，不易一二言谢也。新春海上啸咏之余，有足乐者。岛中孤寂，春色所不到也。某再拜。

〔一〕舆议：犹言舆论。

又　儋耳

某启：久不上状，想察其衰疾多畏，非简慢也。新军使来，捧教字，且审比日起居佳胜，感慰兼极！某到此，数卧病，今幸少闲。久逃空谷，日就灰槁而已！因书瞻望，又复怅然！尚冀若时自厚，区区之余意也。不宣。

又　儋耳

新酿四壶，开尝如宿昔，香味醇冽，有京洛〔一〕之风，逐客何幸得此？但举杯属影而已。海错〔二〕亦珍绝。此虽岛外，人不收此，得之又一段奇事

47

也。眷意之厚,感怍无已!

〔一〕京洛:谓汴京与洛阳也。

〔二〕海错:谓海中产物,种类复杂也。《禹贡》:"厥贡盐𫄨,海物惟错。"

谢吕龙图[一]

前以拙讱[二],上尘听览,方惧获罪于门下,而无以容其诛。又辱答教,言辞款密,礼遇优隆,而褒扬之句有加于前日,此不肖所以且喜且惧,而莫知所措也。珍函已捧受讫,谨藏之于家,以为子孙之美观。蔀[三]屋之陋,复生光彩;陈根之朽,再出英华,乃阁下暖然之春,有以妪育[四]成就之故也。择日斋沐[五],再诣馆下。临纸涩讱,情不能宣,伏惟恕其愚。

〔一〕龙图:阁名。宋代有龙图阁学士之官。

〔二〕讱:奴没切,读如纳,难言也。

〔三〕蔀：普殴切，音剖。《易注》："蔀，覆暖、障光明之物也。"

〔四〕妪：郁据切，遇韵。老妇人之称。妪育，谓妪煦养育，如保护儿童也。

〔五〕斋沐：斋戒沐浴也。

与蒲诚之 凤翔

某启：闻轩马已至多时，而性懒作书，不因使赍〔一〕手教来，虽有倾渴〔二〕之心，终不能致一字左右也。悚愧！悚愧！盛热殊不可过，承起居佳裕，甚喜！甚喜！某比并无恙，京师得信亦安。但近得山南书，报伯母于六月十日倾背，伯父之丧，未及一年，而灾祸仍重如此，何以为心？家兄惟三哥在左右，大哥、二哥必取次一人归山南，谋扶护〔三〕还乡也。人生患难，至有如此极者，烦恼！烦恼！知郡事颇简，足以寻绎〔四〕旧学也。同僚中有可与相处而乐者否？新牧、倅〔五〕皆在此，常相见，恐知悉。残暑，更冀顺时自重。

〔一〕赍:笺西切,音跻,送也。

〔二〕倾渴:言倾慕若渴也。

〔三〕扶护:谓扶柩护送也。

〔四〕寻绎:犹言研究。绎,移籍切,音亦,引其端绪
而穷之也。

〔五〕牧:谓州官。倅:谓州通判。

答杨济甫 除丧还朝

　　某近领腊下教墨,感服眷厚,兼审起居佳胜。
某比与贱累如常。舍弟差入贡院[一],更半月可
出。都下春色已盛,但块然独处,无与为乐!所居
厅前有小花圃,课童种菜,亦少有佳趣。傍宜秋
门[二],皆高槐古柳,一似山居,颇便野性也。渐
暖,惟千万珍重!

〔一〕贡院:犹今之考试院。

〔二〕宜秋门:开封城门。

答宝月大师

屡蒙寄纸，一一愧荷。附马都尉王晋卿[一]画山水寒林，冠绝一时，非画工能仿佛。得一古松帐子奉寄，非吾兄别识，不寄去也。幸秘藏之！亦使蜀中工者见长意思也。他甚珍惜，不妄与人。

〔一〕王诜字晋卿，太原人，徙居开封，尚英宗女魏国大长公主，为驸马都尉，能诗，善书画，与轼为友。

与大觉禅师琏公　杭倅

人至，辱书，伏承法候安裕，倾向！倾向！昨奉闻欲舍禅月罗汉[一]，非有他也。先君爱此画，私心以为舍施，莫如舍所甚爱，而先君所与厚善者莫如公。又此画颇以灵异，累有所觉于梦寐，不欲尽谈，嫌涉怪尔。以此益不欲于俗家收藏。意只如此。而来书乃见疑，欲换金水罗汉，开书不觉失笑！近世土风薄恶,动有可疑,不谓世外之人犹复尔也！请勿复谈此。某比乏人可令赍去,兵卒之类,又不足分付,告吾师差一谨干小师,赍笼伏来迎取,并古佛一轴,亦同舍也。钱塘[二]景物,乐之忘归。舍弟今自陈州[三]得替,当授东南幕官,冬初恐到此,亦未甚的。诗笔计益老健,或借得数首一观,良幸！到此,亦有拙恶百十首,闲暇当录寄也。

〔一〕禅月所画罗汉。

〔二〕钱塘:即今杭州。

〔三〕陈州:今河南淮阳县。

与康公操都官 杭倅

某稔[一]闻才业之美,尚淹擢用,向承非罪被移,众论可怪,贤者处之,想恬适也。希声久不得书,承示谕,方知得蜀州,应甚慰意。二浙[二]处处佳山水,守官殊可乐。乡人之至此者绝少。举目无亲故,而杭又多事,时投余隙,辄出访览,亦自可卒岁[三]也。东阳[四]自昔胜处,见刘梦得有"三伏生秋"之句,此境犹在否?未知会晤之日,但有企咏。

〔一〕稔:日饮切,音袵,谷熟也,引申为熟悉之义。

〔二〕二浙:谓浙东浙西也。

〔三〕卒岁:犹言度此岁月也。

〔四〕东阳:今县名,清属浙江金华府。

与杨济甫　　杭倅

久不奉书,亦少领来讯,思念不去心。不审即日起居佳否?眷爱各无恙。某比安健。官满本欲还乡,又为舍弟在京东,不忍连年与之远别,已乞得密州[一]。风土事体皆佳,又得与齐州[二]相近,可以时得沿牒[三]相见,私愿甚便之。但归期又须更数年。瞻望坟墓,怀想亲旧,不觉潸然[四]。未缘会面,惟冀顺候自重。

〔一〕密州：今山东诸城县。

〔二〕齐州：今山东历城县。

〔三〕牒：迪协切，音蝶，札也。官文书亦称牒。

〔四〕潸：师奸切，音删。潸然，泪流不止貌。

与周开祖 去杭

某忝命皆出奖借。寻自杭至吴兴，见公择，而元素、子野、孝叔、令举〔一〕皆在湖，燕集甚盛，深以开祖不在坐为恨。别后，每到佳山水处，未尝不怀想谈笑。出京北去，风俗既椎鲁〔二〕，而游从诗酒如开祖者，岂可复得？乃知向者之乐不可得而继也。令举特来钱塘相别，遂见送至湖。久在吴中，别去真作数日恶〔三〕。然诗人不在，大家省得三五十首唱酬〔四〕，亦非细事。

〔一〕公择：李常也。元素：杨绘也。子野：张先也。孝叔：刘述也。令举：陈舜俞也。轼有《六客词》咏其事。

〔二〕椎鲁：钝也。

〔三〕作数日恶：言数日心绪恶劣也。

〔四〕彼此以诗歌相赠答,谓之唱酬。

答水陆通长老　密州

近过苏台〔一〕,不得一见而别,深为耿耿！专人来,辱书,且喜法履清胜。某到此旬日,郡僻事少,足养衰拙。然城中无山水,寺衰朴陋,僧粗野,复求苏杭湖山之游,无复仿佛矣！何日会集,慰此牢落？唯万万自重。

〔一〕苏台：指苏州。

又　密州

《三瑞堂诗》已作了,纳去。恶诗竟何用？是家求之如此其切,不敢不作也。惠及温柑〔一〕甚奇,此中未尝识也。枣子两奁,不足为报,但此中所有只此耳。单君贶必常相见,路中屡有书去。

久望来书,且请附密州递寄数字,告为速达此意!

〔一〕温柑:谓温州所产柑也。

又　<small>密州</small>

别后一向冗忙,有疏奉问。叠辱手教,愧悚良深! 仍审履兹初凉,法体增胜为慰。承开堂〔一〕未几,学者日增。吾师久安闲独,迫于众意,无乃少劳,然以济物为心,应不计劳逸也! 未缘奉谒,千万珍重! 人还,布谢。

〔一〕开堂:登座说法也。

又　<small>密州</small>

且说与姚君勿疑讶,只为自来不受非亲旧之馈,恐他人却见怪也。元伯昆仲,因见各为致恳。乍到,未及奉书。

答程彝仲 密州

得圣此行,得失必且西归,计无缘过我。而东武[一]任满,当在来岁冬杪,亦无缘及见于京师矣。比任满日,舍弟亦解罢,当求乡里一任,与之西还。近制既得连任蜀中,遂可归老,守死坟墓也。心貌衰老,不复往日,惟念斗酒只鸡,与亲旧相从耳。星桥别业,比来更增葺否?因便无惜一两字。

〔一〕东武:即密州。

与王庆源 密州

陵州[一]递中辱书及诗,如接风论,忽不知万里之远也!即日履兹秋暑,尊候何似?某此粗遣,虽有江山风物之美,而新法严密,风波险恶,况味殊不佳。退之所谓"闲居食不足,从官力难任。两事皆害性,一生长苦心",正谓此矣。知叔丈年来颇窘，此事有定分。但只以安健无事，多子孙为乐，亦可自遣。何时归休，得相从田里？但言此，心已驰于瑞草桥[二]之西南矣。秋暑，更冀以时珍重！

〔一〕陵州：在今四川仁寿县东。

〔二〕瑞草桥：在轼故乡眉山。

又 密州

高密[一]风土食物稍佳。但省租公库减削，索然贫俭。始至，值岁饥，人豪剽劫[二]无虚日。凡督捕奸凶五七十人，近始肃然，斗讼颇简。稍葺治园亭，居之，亦粗可乐。但时登高，西南引领，即怅然终日！近稍能饮酒，终日可饮十五银盏。他日粗可奉陪于瑞草桥路上，放歌倒载也。

〔一〕高密：即密州。

〔二〕剽：劈要切，漂去声，劫也。

答金山[一]宝觉禅师 密州

去岁赴官，迫于程限，不能枉舟一别。中流纵望，云山杳然，有不可及之叹！既渡江，遂蒙轻舟见饯，复得笑语一饷之乐，暂荷之怀，殆不可胜言。别来，因循未及奉书。专人至，辱教累幅，慰喻反复。读之爽然，如对妙论。仍审比来法履佳胜。某此粗遣，但未有会见之期。临纸惘然，惟万万自重！《至游堂记》即当下笔，递中寄去。近有《后杞菊赋》一首，写寄，以当一笑。

〔一〕金山：在镇江城外，俯临长江，形势绝胜。

答周开祖 密州

递中辱书教累幅，如接笑语。即日远想起居佳胜。某此无恙，已被旨[一]移河中府[二]，候替人，十二月上旬中行，相去益远矣。往日相从湖山之景,何缘复有? 别后百事纷纷,皆不足道。惟令举[三]逝去,令人不复有意于兹世。细思此公所以不寿者而不可得,不免为之出涕! 读所示祭文,纪述略尽其美,甚善! 其家能入石否? 亦欲作一首哀辞,未暇也。当作寄去。开祖笔力颇长,魏武[四]所谓"老而能学,惟予与袁伯业",真难得也! 寄示山图,欲寻善本而不可得者。新诗清绝,辄和两首,取笑。《浩然亭》续和寄去。今日大雪,与客饮于玉山堂,适遣人往舍弟处,遂作此书。手冷,殊不成字,惟冀自重而已。

〔一〕被旨:犹言奉命也。

〔二〕河中府:今山西永济县。

〔三〕令举:陈圣俞字。

〔四〕魏武:魏武帝曹操也。

答蜀僧几演

几演大士:蒙惠《蟠龙集》,向已尽读数册,乃诗乃文,笔力奇健,深增叹伏!仆尝观贯休、齐己诗[一],尤多凡陋,而遇知得名,赫奕[二]如此!盖时文凋敝,故使此二僧为雄强。今吾师老于吟咏,精敏豪放,而汩没流俗,岂亦有幸不幸耶?然此道固亦淡泊寂寞,非以蕲[三]人知而鼓誉[四]也,但鸣一代之风雅而已。既承厚贶,聊奉广耳。

〔一〕贯休、齐己:皆唐代诗僧。

〔二〕赫奕:声名显耀也。

〔三〕蕲:与祈通,求也。

〔四〕鼓誉:犹言鼓吹声誉。

与眉守黎希声 徐州

去岁王秀才西归,奉状必达。即日远想起居佳胜。承朝廷俯徇民欲,有旨借留[一],虽滞留高步,士论未厌,而乡闾之庆,特以自私而已。然山水之秀,园亭之胜,士人之众多,食物之便美,计公亦自乐之忘归也。某久去坟墓,贪禄忘家,念之辄

61

面热,但差使南北,不敢自择尔。何时复得一笑为乐? 尚冀为时自重!

〔一〕有旨借留:谓有诏命许借留任也。

答晁叔美　徐州

向承出按淮甸〔一〕,不即具贺幅者,以吾兄素性亮直,而此职多有可愧者,计非所乐耳。然仁者于此时力行宽大之政,少纾吏民于网罗中,亦所益不小。此中常赋之外,征敛杂出,而盐禁繁密,急于兵火,民既无告〔二〕,吏亦仅且免罪,益苟简矣! 向闻吾兄议论,颇与时辈不合;今兹躬履其事,必有可观者矣。令兄佳士久淹,诸君亦自知之。

〔一〕淮甸:谓近淮水之地也。
〔二〕无告:谓痛苦无可申诉也。

与范子丰　徐州

近专人奉状,达否?即日起居何如?贵眷各安,局事渐清简否?某幸无恙。水旱相继,流亡盗贼渐起,决口[一]未塞,河水日增,劳苦纷纷,何时定乎?近乞四明[二],不知可得否?不尔,但得江淮间一小郡,皆可乐,更不敢有择也。子丰能为一言于诸公间乎?试留意。人还,仍乞一报,幸甚!奉见无期,惟万万以时自重!

〔一〕决口:谓堤崩处。
〔二〕四明:今浙江宁波。

答参寥[一]　徐州

别来思企不可言,每至逍遥堂,未尝不怅然也!为书勤勤不忘如此!仍审比来法体康佳,感服兼至!三诗皆清妙,读之不释手,且和一篇为答。所要真赞，尚未作，来人又不敢久留，甚愧！甚愧！知且伴太虚为汤泉之游，甚善！甚善！某开春乞江浙一郡，候见去处，当以书奉约也。要墨，纳两笏，皆佳品也。余惟为法自重！适有数客远来相看，陪接少暇，奉启不尽意。

〔一〕僧道潜字参寥，於潜人，能诗，与轼善，后得罪还俗。

与文与可〔一〕　徐州

与可抱才不试，循道弥久，尚未闻大用。公议不厌，计当在即，然廊庙间〔二〕谁为恤公议者乎？老兄既不计较，但乍失为郡之乐，而有桂玉之困〔三〕，又却不见使者嘴面，得失相乘除，亦略相当也。彭门〔四〕无事，甚可乐。但未知今夏得免水患否？子由频得书，甚安。示谕秋冬过亲，甚幸甚幸！令嗣昆仲，各计安胜，为学想皆成就矣。

〔一〕文同字与可,梓潼人,善画竹及山水,曾守湖州,故亦称文湖州。

〔二〕廊庙间:犹言朝廷内也。

〔三〕桂玉之困:谓生活程度之高,米如珠玉薪如桂也。

〔四〕彭门:今江苏徐州。

与鲜于子骏[一]　徐州

忝厚眷,不敢用启状,必不深讶。所惠诗文,皆萧然有远古风味。然此风之亡也久矣!欲以求合世俗之耳目,则疏矣。但时独于闲处开看,未尝以示人,盖知爱之者绝少也。所索拙诗,岂敢措手?然不可不作,特未暇耳!近却颇作小词,虽无柳七郎[二]风味,亦自是一家。呵呵!数日前猎于郊外,所获颇多。作得一阕,令东州壮士抵掌顿足而歌之,吹笛击鼓以为节,颇壮观也!写呈,取笑。

〔一〕鲜于侁字子骏,朗州人。

〔二〕柳永字耆卿，崇安人，亦称柳七。善为歌词，骫骳从俗，天下咏之。教坊乐工每得新腔，必求永为辞，始行于世。

答周开祖　湖州

长篇奇妙。无状，每蒙存录如此之厚，但赐多而报寡，故人知其惭拙，必不罪也。今辄和一首，少谢不敏，且资一笑。惠及海味，珍感。来人遽还，未有以报，但愧怍无穷！到郡不见令举，此恨何极！尝奠其殡，不觉一恸。有刻石，必见之，更不录呈。有干，一一示及。李无悔近见访，留此旬余，亦许秋凉再过也。

答吕熙道　湖州

南都住半月，悦然〔一〕如一梦耳！思企德义，每以怅然！舍弟朴讷寡徒，非长者轻势重道，谁肯相厚者？湖州〔二〕江山风物，不类人间，加以事少

66

睡足,真拙者之庆! 有幹,不外!

〔一〕悦:许枉切,养韵,失意貌。

〔二〕湖州:今浙江吴兴县。

答范纯夫　湖州

　　向者深望轩从〔一〕一来。而还领手示,知径赴治〔二〕,实增怅惘! 比日起居佳胜。日对五老〔三〕,想有佳思。此间湖山信美,而衰病不堪烦,但有归蜀之兴耳。未由会集,千万以时自爱!

〔一〕轩:大夫以上之乘车也。从:读去声,谓侍从之人。

〔二〕治:谓官守所在地,犹言任所。

〔三〕五老:在江西庐山,五峰峙立,如环拱状。

答李昭玘〔一〕　黄州

　　无便,久不奉书。王子中来,且出所惠书,益知动止之详,为慰无量! 比日尊体何如? 既拜赐雪堂[二]新诗,又获观负日轩诸诗文,耳目眩[三]骇,不能窥其浅深矣! 老病废学已久而此心犹在,观足下新制,及鲁直、无咎、明略[四]等诸人唱和,于拙者便可格笔[五],不复措辞。近有李豸者,阳翟人[六],虽狂气未除,而笔墨澜翻,已有漂沙走石之势,尝识之否? 子中殊长进,皆左右之赐也。何时一笑? 未间,惟万万自重!

〔一〕李昭玘:字成季,钜野人,官起居舍人,有《乐静集》。

〔二〕轼谪官黄州,曾于其地建雪堂,《后赤壁赋》所谓"步自雪堂将归于临皋"是也。

〔三〕眩:穴绢切,音衒,目无常主也,犹俗言眼花。

〔四〕明略:廖明略也。

〔五〕格笔:犹言阁笔。

〔六〕豸:直矮切,读如柴上声,与廌通。阳翟:今河南禹县。

答范蜀公[一]　黄州

李成伯长官至,辱书,承起居佳胜,甚慰驰仰!新居已成,池囿胜绝,朋旧子舍[二]皆在,人间之乐,复有过此者乎?某凡百粗遣,春夏间多患疮及赤目,杜门谢客,而传者遂云物故[三],以为左右忧。闻李长官说,以为一笑,平生所得毁誉,殆皆此类也!何时获奉几杖?临书惘惘。

〔一〕范镇字景仁,华阳人,举进士第一,论新法与王安石不合,官至端明殿学士,累封蜀郡公。

〔二〕子舍谓小房。

〔三〕物故:死亡也。

又　黄州

蒙示谕,欲为卜邻,此平生之至愿也。寄身函丈[一]之侧,旦夕闻道,又况忝姻戚之末,而风物之美,足以终老,幸甚! 幸甚! 但囊中止有数百千,已令儿子持往荆渚[二],买一小庄子矣。恨闻命之后! 然京师尚有少房缗[三],若果许为指挥从者干当,卖此业,可得八百余千,不识可纳左右否? 所赐手书,小字如芒,知公目益明,此大庆也! 某早衰多病,近日亦能屏去百事,淡泊自持,亦便佳健,异日必能陪从也。

〔一〕函丈:讲席也。《礼》:"席间函丈。"函,犹容也。

〔二〕荆渚:即荆溪,水名,在江苏宜兴县南。

〔三〕缗:迷寅切,音民,钱贯也。

又 黄州

承别纸示谕:"曲蘖[一]有毒,平地生出醉乡;土偶作祟,眼前妄见佛国。"公欲哀而救之,问所以救者。小子何人,固不敢不对。公方立仁义以为城池,操《诗》《书》以为干楯[二],则舟中之人,尽为敌国,虽公盛德,小子亦未知胜负所在。愿公宴坐静室,常作是念,当观彼能惑之性,安所从生?又观公欲救之心,作何形段?此犹不立,彼复何依?虽黄面瞿昙〔三〕,亦须敛衽,而况学之者耶?聊复信笔,以发公千里一笑而已。

〔一〕曲:区郁切,穿入声,屋韵。糵:逆杰切,音孽。曲糵,酒母也。

〔二〕干:盾也,以革为之,战时用以御兵刃者。楯:与盾通。

〔三〕瞿昙:亦作乔答摩,梵语。佛之先世,本姓瞿昙,故世称佛为瞿昙。

又 黄州

颠仆罪戾,世所鄙远,而大丈独收录。欲令撰先府君墓碑,至为荣幸,复何可否之间?而不肖平生不作墓志及碑者,非特执守私意,盖有先戒也。反复计虑,愧汗而已!仁明洞照,必深识其意。所赐五体书,谨为子孙之藏,幸甚!幸甚!无缘躬伏门下，道所以然者，皇恐之至！

答言上人[一]　黄州

去岁吴兴仓卒为别，至今耿耿！谪居穷陋，往还断尽。远辱不遗，尺书见及，感怍殊深！比日法体佳胜，札翰愈精健，诗必称是，不蒙见示，何也？雪斋清境，发于梦想。此间但有荒山大江，修竹古木，每饮村酒，醉后曳杖放脚，不知远近，亦旷然天真，与武林[二]旧游，未见议优劣也。何时会合，一笑，惟万万自爱。

〔一〕上人：和尚之称。

〔二〕武林：今浙江杭县。

与王庆源　黄州

窜逐以来，日欲作书为问。旧既懒惰，加以闲废，百事不举，但惭怍而已！即日体中何如？眷爱各佳？某幼累并安。但初到此，丧一老乳母，七十二矣，悼念久之，近亦不复置怀。寓居官亭，俯迫大江，几席之下，云涛接天，扁舟草履，放浪山水间。客至，多辞以不在，往来书疏如山，不复答也。此味甚佳，生来未尝有此适，知之免忧。近文郎行，寄纸笔与丛郎，到甚迟也。未缘会面，惟万万自爱！

答李寺丞 黄州

远蒙分辍清俸二千，极愧厚意！然长者清贫，仆所知也，此不敢请，又重违至意，辄请至年终来春即纳上，感愧不可言也！仆虽遭忧患狼狈，然匹〔一〕如当初不及第〔二〕，即诸事易了，荷忧念之深，故以解悬虑。

〔一〕匹：犹譬也。
〔二〕不及第：谓不登进士第也。

与陈季常[一]　黄州

近因往螺师店看田，既至境上，潘尉与庞医来相会。因视臂肿，云非风气，乃药食毒也。非针去之，恐作疮乃已。遂相率往麻桥庞家，住数日，针疗。寻如其言，得愈矣。归家，领所惠书及药，并荷忧爱之深至。仍审比来起居佳安。曾青老翁须《传灯录》[二]，皆已领，一一感佩。《五代史》[三]亦收得。所看田乃不甚佳，且罢之。蕲水溪山，乃尔秀邃耶？庞医熟接之，乃奇士。知新近撰《本草尔雅》，谓一物而多名也。见刘颂具说，深欲走观。近得公择书云，四月中乃到此。想季常亦未遽北行，当与之偕往耳。非久，太守处借人遣赍家传去，别细奉书。

〔一〕陈慥字季常，少时慕朱家、郭解为人，稍壮折节读书，晚乃遁迹光、黄间。轼在黄，与之厚善。

〔二〕《传灯录》：释道原撰，所辑皆禅宗语。

· 74 ·

〔三〕《旧五代史》，薛居正撰。《新五代史》，欧阳修撰。

又 黄州

王家人力来，及专人，并获二缄，及承雄编赞咏。异梦证成仙果，甚喜幸也！某虽窃食灵芝，而君为国铸造，药力纵在君前，阴功必在君后也。呵呵！但累书听流言以诬平人，不得无所损也。悬弧之日〔一〕，请一书示谕，当作贺诗，切祝！切祝！比日起居佳否？何日决可一游郡城？企望日深矣！临皋〔二〕虽有一室可憩从者，但西日可畏。承天〔三〕极相近，或门前一大舸亦可居，到后相度。未间，万万以时自重！

〔一〕悬弧之日：谓生日也。《礼》："子生，男子设弧于门左。"弧，滑吾切，音胡，木弓也。

〔二〕临皋：亭名，在黄州。

〔三〕承天：寺名。

又 黄州

欲借《易》家文字及《史记索隐》、《正义》[一]。如许,告季常为带来。季常未尝为王公屈,今乃特欲为我入州,州中士大夫闻之耸然,使不肖增重矣!不知果能命驾否?春瓮[二]但不惜,不须更为恨也。

〔一〕《史记》有司马贞《索隐》,张守节《正义》。
〔二〕春瓮:谓瓮中所储春酒也。

又 黄州

郑巡检到,领手诲。具审到家尊履康胜,羁孤结恋之怀,至今未平也。数日前,率然与道源过江,游寒溪西山,奇胜殆过于所闻。独以坐无狂先生,为深憾耳!呵呵!示谕武昌田[一],曲尽利害,非老成人,吾岂得闻此?送还人诸物已领。《易》

义须更半年功夫练之,乃可出。想秋末相见,必得拜呈也。近得李长吉〔二〕二诗,录去,幸秘之! 目疾必已差,茂木清阴,自可愈此。余惟万万顺时自重!

〔一〕武昌:今湖北鄂城县。

〔二〕李长吉:名贺,唐代大诗人。

答吴子野 黄州

济南境上为别,便至今矣! 其间何所不有? 置之不足道也! 专人来,忽得书,且喜乡居安稳,尊体康健。某到黄已一年半,处穷约〔一〕,故是宿昔所能,比来又加便习。自惟罪大罚轻,余生所得,君父之赐也。躬耕渔樵,真有余乐。承故人千里问讯,忧恤之深,故详言之。何时会合? 临纸惘惘!

〔一〕穷约:犹言贫窘也。

又 黄州

　　承三年庐墓[一]，葬事诚尽，又以余力葺治园亭，教养子弟，此皆古人之事业，所望于子野也。复览诸公诗文，益增愧叹！介夫素不识之，笔力乃尔奇逸耶！仆所恨近日不复作诗文，无缘少述高致，但梦想其处而已！子由不住得书，无恙。寄示墓志及诸刻，珍感！虞直讲[二]一帖，不类近世笔迹。可爱！可爱！近日始解畏口慎事，虽已迟，犹胜不悛也[三]。奉寄书简，且告勿入石[四]。至恳！至恳！

〔一〕庐墓：谓结庐于父母墓旁守孝也。

〔二〕直讲：官名。

〔三〕悛：趋宣切，音铨，改也。

〔四〕入石：犹言刻石。

又　黄州

每念李六丈之死，使人不复有处世意。复一览其诗，为涕下也！黄州风物可乐，供家之物亦易致。所居江上，俯临断岸，几席之下，即是风涛掀天。对岸即武昌诸山，时时扁舟独往。若子野北行能迂路一两程，即可相见也。

与李公择　黄州

知治行〔一〕窘用不易。仆行年五十，始知作活，大要是悭尔，而文以美名谓之俭素。然吾侪为之，则不类俗人，真可谓淡而有味者。又诗云："不戢不难，受福不那。"〔二〕口体之欲，何穷之有？每加节俭，亦是惜福延寿之道，此似鄙吝，且出之不得已也。然自谓长策，不敢独用，故献之左右。住京师，尤宜用此策也。一笑。

〔一〕治行：整治行装也。

〔二〕《诗·小雅·桑扈》："不戢不难，受福不那。"毛《传》："那，多也。"郑《笺》："王者位至尊，天所子也。然而不自敛以先王之法，不自难以亡国之戒，则其受福禄亦不多也。"

又 黄州

示及新诗，皆有远别惘然之意，虽兄之爱我厚，然仆本以铁心石肠待公，何乃尔耶？吾侪虽老且穷，而道理贯心肝，忠义填骨髓，直须谈笑死生之际，若见仆困穷便相怜，则与不学道者大不相远矣！兄造道深，中必不尔，出于相爱好之笃而已。然朋友之义，专务规谏，辄以狂言广兄之意尔！虽怀坎壈〔一〕于时，遇事有可尊主泽民者〔二〕，便忘躯为之，祸福得丧，付与造物。非兄，仆岂发此？看讫便火之，不知者以为讪病也。

〔一〕坎壈：不得志也。

〔二〕尊主：谓尊君。泽民：谓福利民众也。

答湖守刁景纯〔一〕　黄州

因循不奉书，不觉岁月乃尔久耶！过辱不遗，远赐存问，感激不可言也！比日窃惟镇抚多暇，起居胜常。吴兴风物，梦想见之，啸咏之乐，恨不得相陪。闻风谣〔二〕蔼然，足慰所望。夏暄，万万自重！

〔一〕刁约字景纯，上蔡人，天圣进士。后居润州。

〔二〕风谣：犹言歌颂也。

又　黄州

旧诗过烦镌刻，及墨竹桥字，并蒙寄惠，感愧兼集！吴兴自晋以来，贤守风流相望，而不肖独以罪去，垢累溪山。景纯相爱之深，特与洗饰，此意何可忘耶？在郡虽不久，亦作诗数十首，久皆忘之。独忆四首，录呈为一笑。耘老病而贫，必赐清顾,幸甚!

答苏子平先辈

违别滋久,思咏不忘。中间累辱书教,久不答,知罪!知罪!远烦专使手书劳问,且审比日起居佳安,感慰殊甚!书词华润,字法精美,以见穷居笃学,日有得也。某凡百粗遣,厄困既久,遂能安之。昔时浮念杂好,扫地尽矣!何时会合?慰此惘惘。

与蔡景繁 黄州

近奉书,想必达。比日不审履兹隆暑,尊体何如?某卧病半年,终未清快。近复以风毒攻右目,几至失明,信是罪重责轻,召灾未已。杜门僧斋,百想灰灭,登览游从之适,一切罢矣!知爱之深,辄以布闻。何日少获瞻望前尘?惟万万为时自重!

又　黄州

　　前日亲见许少张暴卒，数日间，又闻董义夫化去。人命脆促，真在呼吸间耶！益令人厌薄世故也。少张徒步奔丧，死之日，囊橐罄然，殆无以敛。其弟麻城令尤贫，云无寸垅〔一〕可归，想公闻之凄恻也。料朝廷亦怜之。如公言重，可为一言否？辄此僭言〔二〕，不深谴否？

〔一〕寸垅：犹言寸土。
〔二〕僭：子念切，尖去声。越职而言，谓之僭言。

又　黄州

　　特承惠寄奇篇，伏读惊耸。李白自言"名章俊语，络绎间起"，正如此耳！谨已和一首，并藏笥中，为不肖光宠，异日当奉呈也。坐废已来，不惟人嫌，私亦自鄙。不谓公顾待如此，当何以为报？

冬至后,便杜门谢客,斋居小室,气味深美。坐念公行役之劳,以增永叹。春间行部[一]若果至此,当有少要事面闻。近见一僧甚异,其所得深远矣。非书所能一一。

〔一〕行部:犹言巡视所属也。

又 黄州

承爱女微疾,今必已全安矣。某病咳逾月不已,虽无可忧之状,而无憀甚矣!临皋南畔,竟添却屋三间,极虚敞便夏,蒙赐不浅!朐山[一]临海石室,信如所谕。前某尝携家一游,时家有胡琴婢,就室中作《濩索凉州》[二],凛然有兵车铁马之声。婢去久矣!因公复起一念,果若游此,当有新篇。果尔者,亦当破戒奉和也。呵呵!

〔一〕朐:权于切,音劬。朐山,在今江苏东海县南四里。

〔二〕濩：胡郭切，音获。《濩索凉州》，琵琶曲名。

又　黄州

近专人还，奉状必达。忽复中夏，永日杜门，无如思渴仰荷！不审履兹薄热，起居何似？向虽画扇，比已绝笔。昨日忽饮数酌，醉甚，正如公传舍〔一〕中见饮时状也。不觉书画十扇皆遍，笔迹粗略，大不佳，真坏却也！适会人便，寄去为一笑耳！

〔一〕传：音转。传舍，犹今言旅馆也。

又　黄州

黄陂〔一〕令李吁〔二〕到未几，其声蔼然，与之语，格韵殊高。比来所见，纵小有才，多俗吏。俦辈如此人殆难得。公好人物，故辄不自外耳。近葺小屋，强名南堂，暑月少纾。蒙德殊厚，小诗五绝，乞不示人。

85

〔一〕黄陂：县名，今属湖北。

〔二〕吁：羽遽切，音裕。

又 黄州

辱书，伏承尊体佳胜。惊闻爱女遽弃左右，切惟悲悼之切，痛割难堪，奈何奈何！情爱着人，如黐胶〔一〕油腻，急手解雪，尚为沾染，若又反复寻绎，更缠绕人矣。区区愿公深照，一付维摩、庄周〔二〕，令处置为佳也。劣弟久病，终未甚清快，或传已物故，故人皆有书惊问，真尔犹不恤，况谩传耶〔三〕？无由面谈，为耿耿耳！何时当复迎谒？未间，惟万万为国自重！

〔一〕黐：敕伊切，音摛，黏鸟之胶也。

〔二〕维摩：维摩诘也。庄周：庄子也。二氏皆能达观。

〔三〕谩传：犹谣言。

又 黄州

近来颇佳健。一病半年，无所不有，今又一时失去，无分毫在者。足明忧喜浮幻，举非真实，因此颇知卫生之经[一]，平日妄念杂好，扫地尽矣。公比来诸况何如？划刷之来，不少劳乎？思渴之至，非笔墨所能尽也。

〔一〕语出《庄子》。犹言卫生之法也。

答陈季常 黄州

别后凡四辱书，一一领厚意。具审起居佳胜为慰。又惠新词，句句警拔，诗人之雄，非小词也。但豪放太过，恐造物者不容人如此快活，一枕无碍睡，辄亦得之耳。公无多奈我何，呵呵！所要谢章寄去。闻车马早晚北来，恐此书到日，已在道矣。故不觊缕。

87

与钱世雄　黄州

久不奉书，盖无便，亦懒惰之罪，未深讶否？比日起居何如？某与贱累如常。曾托施宣德附书及《遗教经》[一]跋尾，必达也。吴江[二]宦况如何？僚有佳士否？垂虹[三]闻已复旧，信否？旅寓不觉岁复尽，江上久居益可乐，但终未有少田，生事漂浮无根耳！儿子明年二月赴德兴[四]，人口渐少，当稍息肩，余无可虑。会合何时？万万自爱。因便往三衢[五]，奉启。

〔一〕《遗教经》：道家经典。

〔二〕吴江：今县名，属江苏。

〔三〕垂虹：桥名。亦曰长桥，在吴江县东，凡七十二洞，旧有垂虹亭。

〔四〕德兴：县名，属江西。

〔五〕三衢：《明一统志》："三衢，浙江衢州府。"

与杨元素〔一〕

笔冻,写不成字,不罪不罪!舍弟近得书,无恙,不知相去几里,但递中书须半月乃至也!奇方承录示,感戴不可言,固当珍秘也。近一相识录得公所编《本事曲子》〔二〕,足广奇闻,以为闲居之鼓吹也。然切谓宜更广之,但嘱知识间令各记所闻,即所载日益广矣。辄献三事,更乞拣择,传到百四十许曲,不知传得足否?

〔一〕杨绘字元素,绵竹人,曾知杭州。

〔二〕绘有《时贤本事曲子集》,多记词林逸事,当即此书。

答上官长官　黄州

专人至,辱书及诗文二册,捧领惊喜,莫知所从。得伏观书词,博雅纯健,有味其言;次观古、

89

律诗,用思深妙,有意于古作者;卒读《庄子论》,笔势浩然,所寄深矣,非浅学所能到!自惟无状,罪戾汩没,不缘半面,获此三贶,幸甚!幸甚!老谬荒废,不近笔砚,忽已数年,顾视索然,无以为报,但藏之巾笥,永以为好而已!适病中,人还,草率。

又　黄州

诗篇多写洞庭[一]君山[二]景物,读之超然神驰于彼矣。见教作诗,既才思拙陋,又多难畏人,不作一字者已三年矣!所居临大江,望武昌诸山如咫尺,时复叶舟纵游其间,风雨云月,阴晴早暮,态状千万,恨无一语略写其仿佛耳!会面未由,惟万万以时珍重!何时美解,当一过我耶?

〔一〕洞庭:湖名,在湖南。
〔二〕君山:在洞庭湖中,与岳州相近。

与人　黄州

示谕《燕子楼记》[一]。某于公契义如此,岂复有所惜?况得托附老兄,与此胜境,岂非不肖之幸?但困踬[二]之甚,出口落笔,为见憎者所笺注[三]。儿子自京师归,言之详矣,意谓不如牢闭口,莫把笔,庶几免矣!虽托云向前所作,好事者岂论前后?即异日稍出灾厄,不甚为人所憎,当为公作耳。千万哀察!

〔一〕燕子楼:在徐州,为唐节度使张建封妾盼盼所居。

〔二〕踬:知肄切,音致。困踬:事不利也。

〔三〕笺注:谓人将傅会事实,妄加说明也。

与巢元修　黄州

日日望归,今日得文甫书,乃云昨日始与君瑞成行。东坡荒废，春笋渐老，饼馓[一]已入末限，闻此当俟驾耶？老兄别后想健。某五七日来，苦壅嗽殊甚，饮食语言殆废，矧有乐事？今日渐佳。近牢城[二]失火，烧荡十九，雪堂亦危，潘家皆奔避，堂中飞焰已燎檐矣！幸而先生两瓢无恙，四柏亦吐芽矣。

〔一〕馓：驼蓝切，音谈。《六书故》：“今以薄饼卷肉，切而荐之曰馓。”

〔二〕牢城：黄州小地名。

与蒲传正[一]

千乘侄屡言大舅全不作活计，多买书画奇物，常典钱使，欲老弟苦劝公。卑意亦深以为然。归老之计，不可不及今办治。退居之后，决不能食淡衣粗，杜门绝客，贫亲知相干，决不能不应副。此数事岂可无备？不可但言我有好儿子，不消与营产业也。书画奇物，老弟近年视之，不啻如粪土也。纵不以鄙言为然，且看公亡甥面，少留意也！

〔一〕蒲宗孟字传正，新井人，皇祐进士，官至尚书右丞，知杭州。性侈汰，每旦刲羊十豕十，然烛三百入郡舍。轼曾与书劝以慈俭云。

与子安兄 黄州

近于城中得荒地十数亩，躬耕其中，作草屋数间，谓之东坡雪堂，种蔬接果，聊以忘老。有一大曲，寄呈为一笑。为书角大，远路恐被拆，更不作四小哥、二哥及诸亲知书，各为致下悃。巢三见在东坡安下，依旧似虎，风节愈坚。师授某两小儿极严。常亲自煮猪头，灌血腈，作姜豉菜羹，宛有太安滋味。此书到日，相次岁猪鸣矣。老兄嫂团坐火炉头，环列儿女，坟墓咫尺，亲眷满目，便是人间第一等好事，更何所羡？可转此纸呈子明也。近购获先伯父亲写《谢蒋希鲁及第启》一通，躬亲标背题跋，寄与念二，令寄还二哥，因书问取。

与王元直　黄州

　　黄州真在井底！杳不闻乡国信息，不审比日起居何如？郎娘各安否？此中还百粗遣，江上弄水挑菜，便过一日。每见一邸报[一]，须数人下狱得罪。方朝廷综核名实，虽才者犹不堪其任，况仆顽钝如此，其废弃固宜。但有少望，或圣恩许归田里，得款段[二]一仆，与子众丈、杨文宗之流往来瑞草桥，夜还何村，与君对坐庄门，喫瓜子、炒豆，不知当复有此日否？存道奄忽[三]，使我至今酸辛，其家亦安在？人还，详示数字。余惟万万保爱。

〔一〕邸报：谓朝内公报也。

〔二〕款段：《后汉书注》："款，犹缓也。"言形款迟缓也。

〔三〕奄忽：疾貌，此谓死亡之速。

答赵晦之[一]　黄州

性喜写字,而怕作书,亲知书问,动盈箧笥,而终岁不答,对之太息而已。乃知剖符南微[二],贤者处之,固不择远近剧易,矧风土旧谙习。而兵兴多事,适足以发明利器,但恨愚暗,何时复得攀接耳!

〔一〕赵昶字晦之,曾官东武令。

〔二〕符:以竹为之,书义字其上,剖而为二,各存其一,合之以为征信者也。微:边也。剖符南微,犹言奉命至南边作官也。

又　黄州

示谕处患难不戚戚[一],只是愚人无心肝耳,与鹿豕木石何异!所谓道者,何曾梦见?旧收得蜀人蒲永昇[二]山水四轴,亦近岁名笔,其人已亡矣！聊致斋阁，不罪浼渎。藤[三]既美风土，又少诉讼，优游卒岁，又复何求？某亦甚乐此，安土忘怀，如一黄人，元不出仕而已。

〔一〕戚戚：忧貌。

〔二〕蒲永昇：成都人，善画山水，性嗜酒放浪，人或以势使之，则嬉笑舍去，遇欲画，不择贵贱。

〔三〕藤：藤州也。

与寋序辰

前日已奉书。昨日食后，垂欲上马赴约，忽儿妇眩倒，不知人者久之，救疗至今，虽稍愈，尚昏昏也。小儿辈未更事，义难舍去，遂成失信。想仁明必恕其不得已也。然负愧深矣！乍暖，起居何如？闲废之人，径往一见，谓必得之，乃尔龃龉[一]，人事真不可必也！后会何可复期，惟万万为国自重！

〔一〕龃龉：音咀语，齿不正而参差出入也。故意见不相合,亦曰龃龉。

答濠州陈章朝请[一]　黄州

钱塘一别,如梦中事。尔后契阔,何所不有,置之不足道也!独中间述古捐馆[二],有识相吊,矧故人僚吏相爱之深者,然终无一字以解左右,盖罪废穷奇,动辄累人,故往还杜绝。至今思之,惭负无量!昨远辱书问,便欲裁谢,而春夏以来,卧病几百日,今尚苦目病。再枉手教,喜知尊体康胜,贵眷各佳安。罪废屏居,交游皆断绝,纵复通问,不过相劳慰而已,孰能如公远发药石以振吾过者哉?已往者布出不可复掩矣,期于不复作而已。无缘一见,临纸耿耿,万万以时自重!

〔一〕濠州:今安徽凤阳县。朝请:官名。

〔二〕陈襄字述古,福州侯官人,曾知杭州。捐馆:谓捐弃馆舍,即死亡也。

与徐得之

昨日已别,情悰惘然!辱教,喜起居佳胜。风雨如此,淮浪如山,舟中摇撼,不可存济,亦无由上岸,但阖户拥衾耳!想来日亦未能行,若再访,幸甚!

又

得之晚得子,闻之喜慰可知。不敢以俗物为贺,所用石砚一枚送上。须是学书时矣。知似太早计,然俯仰间便自见其成立,但催迫吾侪日益潦倒尔!恐得之惜别,又复前去,家中阙人抱孩儿,深为不皇〔一〕。呵呵!

〔一〕皇与遑通,暇也。

又

定省〔一〕之暇,稍葺闲轩,箪瓢鸡黍,有以自娱,想无所慕于外也。闽中多异人,隐屠钓,得之不为簪组所縻[二],倘得见斯人乎?仆益衰老,强颜少留,如传舍耳!因风时惠问。

〔一〕定省:谓定其衽席,省其安否也。《礼》:"凡为人子之礼,冬温而夏清,昏定而晨省。"

〔二〕簪:首笄,连冠于发者也。组:绶属。簪组,谓官吏服饰。縻:密宜切,音糜,系也。

答程彝仲推官 黄州

某与幼累皆安。子由频得书,无恙。元修去已久矣,今必还家。所要亭记,岂敢于吾兄有所惜?但多难畏人,不复作文字,惟时作僧佛语耳!千万体察,非推辞也。远书不欲尽言。所示自是一篇高文,大似把饭叫饥,聊发千里一笑。会合无期,临书凄然。

与孟亨之

今日斋素,食麦飰[一]、笋脯[二]有余味,意谓不减刍豢[三]。念非吾亨之莫识此味,故饷一合,并建茗两片,食已,可与道媪对啜也。

〔一〕飰:与饭通。

〔二〕笋脯:笋干也。

〔三〕刍豢:音初宦。刍,草食,谓牛羊。豢,谷食,谓犬豕。

与毛维瞻

岁行尽矣! 风雨凄然,纸窗竹屋,灯火青荧[一],时于此间得少佳趣。无由持献,独享为愧! 想当一笑也。

〔一〕荧:穴扃切,音萤,光也,明也。

代夫人与福应真大师　南迁

久不闻法音，驰仰殊深！即日远想起居安稳。儿随夫远谪，百念灰灭，持诵[一]之余，幸无恙。何时复见，一洗岭瘴？春寒，千万为法自重。不宣。旌德县君王氏儿再拜。

〔一〕持诵：谓持咒念佛也。

答开元明座主

久别，思企不忘。辱书，具审法履安胜为慰！贤上人前年来此，寻往金山，多时不得消息，不知今安在也？石桥用功初不灭裂，云何一水，便尔败坏？无乃亦是不肖穷蹇[一]所累耶？何时复相见？千万保爱！

〔一〕穷蹇：困阨也。

与清隐老师

净因[一]之会，茫然如隔生矣！名言绝境，寤寐不忘。何日得脱缨绊[二]，一闻笑语？思渴！思渴！

〔一〕净因：寺名。
〔二〕缨绊：簪缨羁绊，谓官守也。

与王文甫　黄州

数日不审尊候何如？前蒙恩量移汝州[一]，比欲乞依旧黄州住，细思罪大责轻，君恩至厚，不可不奔赴。数日念之，行计决矣。见已射得一舟，不出此月下旬起发，沿流入淮，泝汴至雍丘、陈留间[二]，出陆，至汝。劳费百端，势不得已。本意终老江湖，与公扁舟往来，而事与心违，可胜慨叹。计公闻之，亦凄然也。甚有事欲面话，治行殊未集,冗迫之甚,公能三两日间特一见访乎？至望！
至望！元弼药并书,乞便与送达。三五日间,买得
瓷器,更烦差人得否？

〔一〕汝州：今河南临汝县。
〔二〕雍丘：在今河南杞县。陈留：今县名,属河南。

答贾耘老[一]

久不奉书,尚蒙纪录。远枉手教,且审比日动
止佳胜,感恩兼集！寄示石刻,足见故人风气之
深,且与世异趣也。新诗不蒙录示数篇,何也？贫
固诗人之常,齿落目昏,当是为双荷叶[二]所困,未
可专咎诗也。某发少加白耳,余如故。未缘往见,
万万自爱！

〔一〕贾收字耘老,乌程人,著有《怀苏集》。
〔二〕双荷叶：耘老家小妓。

又

久放江湖，不见伟人。昨在金山，滕元发[一]以扁舟破巨浪来相见。出船巍然，使人神耸，好个没兴底张镐相公[二]。见时且为致意，别后酒狂，甚长进也。老杜[三]云："张公一生江海客，身长九尺须眉苍。"谓张镐也。萧嵩[四]荐之云："用之则为帝王师，不用则穷谷一病叟耳！"

〔一〕滕元发：东阳人，举进士，历知郓州、真定、太原，治边凛然，号称名帅。

〔二〕张镐：字从周，博州人，起布衣，唐肃宗时，官至宰相。

〔三〕老杜：杜甫也。

〔四〕萧嵩：唐开元中，官河西节度使。

又

今日舟中无他事，十指如悬槌。适有人致嘉

酒,遂独饮一杯,醺然径醉。念贾处士贫甚,无以慰其意,乃为作怪石古木一纸,每遇饥时,辄以开看,还能饱人否?若吴兴有好事者,能为君月致米三石、酒三斗[一],终君之世者,便以赠之。不尔者,可令双荷叶收掌,须添丁,长以付之也。

〔一〕斗:即斗字。

与千之侄

必强侄近在泗州[一],得书,喜知安乐。房眷子孙各无恙。秋赋又不利,老叔甚失望。然慎勿动心,益务积学而已。人苟知道,无适而不可,初不计得失也。闻侄欲暂还乡,信否?叔舟行几一年,近于阳羡[二]买得少田,意欲老焉。寻奏乞居常,见邸报,已许。文字必在南都。此行略到彼,葬却老奶二姨。子由干奶也。住二十来日,却乘舟还阳羡。侄能来南都一相见否?叔甚欲一往见传正,自惟罪废之余,动辄累人,故不果尔。甚有欲与侄言者,非面不尽,想不惮数舍之远也。寒暖不定,惟万万自爱!

〔一〕泗州:今安徽泗县。

〔二〕阳羡:今江苏宜兴县。

与开元明师

石桥之坏,每为怅然!吾师经营,非不坚尽,当由穷蹇之人,所向无成,累此桥耶?知尚未有涯,但勿废此志,岁丰人纾,会当成耳。仆已请居常州,暂至南京,即还南也。知之。

又

近过南都,见致政太保张公〔一〕。公以所藏禅月罗汉十六轴见授,云:"衰老无复玩好,而私家畜画像,乏香灯供养,可择名蓝〔二〕高僧施之。"今吾师远来相别,岂此罗汉契缘在彼乎?敬以奉赠,亦太保公之本意也。

〔一〕致政：谓交卸政事也。太保：官名。
〔二〕僧寺亦称伽蓝。名蓝：谓有名之寺院也。

答王定国[一]

辱惠书，并新诗妙曲，大慰所怀。河冻胶舟，咫尺千里，意思牢落可知。得此佳作，终日喜快，滞闷冰释，幸甚！近在常，置一小庄子，岁可得百石，似可足食。非不知扬州之美，穷猿投林，不暇择木也。承欲一相见，固鄙怀至愿，但不如彼此省事之为愈也。

〔一〕王巩字定国，旦孙。从轼学为文，轼下御史台狱，而巩亦坐贬宾州监酒税，凡三年。

又

御瘴之术，惟绝欲、练气一事。本自衰晚当

· 107 ·

然,初不为瘴而作也。其余坦然无疑,鸡猪鱼蒜,遇着便吃,生老病死,符到奉行,此法差似简径也。君实[一]尝云:"王定国瘴烟窟里五年,面如红玉。"不知道,能如此否?老人知道,则不如尔,顽愚即过之。先帝升遐[二],天下所共哀慕,而不肖与公蒙恩尤深,固宜作挽词,少陈万一。然有所不敢者耳!必深察此意。无状罪废,众欲置之死,而先帝独哀之。而今而后,谁复出我于沟壑者?归耕没齿而已矣!

〔一〕君实:司马光字。

〔二〕古称皇帝死曰升遐。

又

近绝少过临,宾客知其衰懒,不能与人为轻重。见顾者渐少,殊觉自幸。昨日偶见子华,嗟叹老弟之远外[一],蒙嘱,闻过必相告。吾弟大节过人而小事亦不经意,正如作诗,高处可以追配古人,而失处亦受嗤于拙目。薄俗正好点检人小疵,不可不留意也。

〔一〕远外:谓疏远自外也。

与杨康功

两日大风,孤舟掀舞雪浪中,但阖户拥衾,瞑目块坐耳[一]。杨次公惠法酝[二]一器,小酌径醉。醉中与公作得《醉道士石诗》,托楚守寄去,一笑。某有三儿,其次者十六岁矣,颇知作诗,今日忽吟《淮口遇风》一篇,粗有可观,戏为和之,并以奉呈。子由过彼,可出示之,令一笑也。

〔一〕块坐:孑然孤坐也。
〔二〕法酝:名酒也。

答王庆源 登州还朝

令子两先辈,必大富学术,非久腾踔矣[一]。

109

五五哥、五七哥及十六郎，临行冗迫，不果拜书，因见，道意。登州〔二〕下临涨海，枕簟之下，天水相连，蓬莱三山〔三〕，仿佛可见。春夏间常见海市〔四〕，状如烟云，为楼观人物之象。数日前偶见之，有一诗录呈为笑也。史三儒长老近蒙书，冗中未及答，因见，乞道区区。《海市》诗可转呈也。京师有干，乞示下。

〔一〕踔：音卓，逾越也。腾踔，高举之意。

〔二〕登州：今山东蓬莱县。

〔三〕《史记》："蓬莱、方丈、瀛洲，此三神山者，在渤海中。"

〔四〕《三齐纪略》："海上蜃气，时结楼台，名海市。"

与潘彦明

东坡甚烦葺治，乳媪坟亦蒙留意，感戴不可言！令子各计安，宝儿想见颀然矣〔一〕。郭兴宗旧疾，必全平愈，酒坊果如意否？韩氏园亭，曾与葺乎？若果有亭榭佳者，可以小图示及，当为作名写牌，然非华事者，则不足名也。张医博计安胜。一场灾患，且喜无事。风颠不少减否？何亲必安，竹园复增葺否？以上诸人，各为再三申意。仆暂出苟禄耳[二]，终不久客尘间，东坡不可令荒莱[三]，终当作主，与诸君游，如昔日也。愿遍致此意。

〔一〕颀：劝沂切，音祈，长貌。

〔二〕苟禄：谓窃取俸禄也。

〔三〕莱：夫物切，音弗，草多也。

与王庆源

远沐寄示，老手高风，咏叹不已！甚欲和谢，公私纷纷，少暇，竟未果，悚悚！七八两秀才各计安，为学想日益，早奋场屋[一]，慰亲意也！知宅酝甚奇，日与蔡子华、杨君素聚会，每念此，即致仕[二]之兴愈浓也。示谕要画，酒后信手，岂能复佳？寄一扇、一小轴去，作笑耳。

〔一〕场屋：科举时试士之地，言于广场中为屋也。

〔二〕致仕：谓辞官而退隐也。

答佛印禅师〔一〕

经年不闻法音，经术荒涩，无与锄治。忽领手教累幅，稍觉洒然。仍审比来起居佳胜。行役二年，水陆万里，近方弛担〔二〕，老病不复往日，而都下人事，十倍于外，吁，可畏也！复欲如去年相对溪上，闻八万四千偈，岂可得哉？南望山门，临书凄断！苦寒，为众自重！

〔一〕佛印：宋金山寺僧，名了元，有辩才，与轼友善。

〔二〕弛担：谓松下负担也。

与知县

儿子遂获托庇，知幸。鲁钝多不及事，惟痛与督励也。切祝！切祝！晋卿相见殿门外，惘然如梦中人也！人世何者非梦耶！亦不足多谈，但喜其容貌蔚然如故，非有过人，能如是耶？

与王庆源

近奉慰疏必达。比日尊体何如？某与幼弱，凡百粗遣。人生悲乐，过眼如梦幻，不足追，惟以时自娱为上策也。某名位过分，日负忧责，惟得幅巾[一]还乡，平生之愿足矣！幸公千万保爱，得为江边携壶藉草之游，乐如之何！

〔一〕幅巾：用缣全幅向后襆发，俗亦谓之襆头。

答刘贡父　京师

某江湖之人，久留辇下[一]，如在樊笼，岂复佳思也？人情责重百端，而衰病不能应副，动是罪戾。故人知我，想复见怜耶？后会未可期，临书怅惘，禅理气术，比来加进否？世间关身事，特有此耳,愿更着鞭,区区之祷也。

〔一〕辇:里演切,连上声,天子之车也。辇下,天子辇毂之下,谓京城也。

答吕元钧 京师

中间承进职,虽少慰人望,然公当在庙堂〔一〕,此岂足贺也?此间语言纷纷,比来尤甚,士大夫相顾避罪而已,何暇及中外利害大计乎?示谕,但闵然而已!非久,季常人行,当尽区区。

〔一〕庙堂:天子庙堂,谓居要职也。

与千之侄 京师

独立不惧者,惟司马君实与叔兄弟耳!万事委命,直道而行,纵以此窜逐,所获多矣。因风寄书,此外勤学自爱。近来史学凋废,去岁作试官,问史传中事，无一两人详者。可读史书，为益不少也。

与杨君素

某去乡二十一年，里中尊宿[一]，零落殆尽，惟公龟鹤不老，松柏益茂，此大庆也！无以表异，辄送暖脚铜缶一枚。每夜热汤注满，密塞其口，仍以布单裹之，可以达旦不冷也。道气想不假此，聊致区区之意而已。令子三七秀才及外甥十一郎，各计安。

〔一〕尊宿：谓老辈也。

答庞安常

人生浮脆，何者为可恃？如君能著书传后有几？念此，便当为作数百字，仍欲送杭州开板也。知之。

答李方叔

叠辱手教，愧荷不已！雪寒，起居佳胜。示谕，固识孝心深至。然某从来不独不作，不书铭志，但缘子孙欲追述祖考而作者，皆未尝措手也。近日与温公作行状、书墓志者，独以公尝为先姚墓铭，不可不报耳！其他决不为，所辞者众矣，不可独应命。想必获罪左右，然公度某无他意，意尽于此矣。悚息！悚息！

又

某以虚名过实，士大夫不察，责望逾涯，朽钝不能副其求，复致纷纷，欲自致省静寡过之地，以饯[一]余年，不知果得此愿否？故人见爱以德，不应更虚华粉饰以重其不幸。承示谕，但有愧汗耳。

〔一〕饯：集彦切，音贱，以酒食送行也。

与程懿叔

承拜命,移漕[一]巴峡[二],薄慰众望。方欲奉书,使至,辱教字,且审起居清胜。懿叔才地治状,当召还清近,此何足道? 得一省坟墓,仍见亲知,为可贺耳! 衰病疲厌,何时北趍[三]归路? 仰羡而已! 知在江上,咫尺莫缘一见,临纸惘惘!

〔一〕漕:督运粮食之官也。

〔二〕巴峡:在湖北巴东县西二十里。江自巫山入巴东为巴峡。

〔三〕趍:即趋字。

与佛印禅师　京师

尘劳衮衮,忽得来书,读之如蓬蒿藜藿之径而闻謦欬[一]之音,可胜慰悦! 且审即日法履轻安,又重以慰也。某蒙恩擢寘词林[二],进陪经幄[三],

117

是为儒者之极荣，实出禅师之善祷也。余热，千万
自重！

〔一〕謦：起顶切，罄上声，欬也。声之轻者曰謦，重
者曰欬。
〔二〕旧称翰林院为词林。
〔三〕经幄：设帷幄以讲经，谓任经筵讲官也。

与吴子野

《文公庙碑》[一]，近已寄去。潮州自文公未
到，则已有文行之士如赵德者，盖风俗之美久矣！
先伯父与陈文惠公相知，公在政府，未尝一日忘潮
也。云："潮人虽小民，亦知礼义。"信如子野言也，
碑中已具论矣。然谓瓦屋始于文公者，则恐不然。
尝见文惠公与伯父书云："岭外瓦屋，始于宋广
平[二]，自尔延及支郡，而潮尤盛。鱼鳞鸟翼，信如
张燕公之言也[三]。"以文惠书考之，则文公前已有
瓦屋矣。传莫若实，故碑中不欲书此也。察之。

〔一〕文公：韩愈也。潮州有韩文公庙，轼为碑文。

〔二〕宋璟，唐南和人，玄宗时为相，与姚崇并称"姚宋"，封广平公。

〔三〕张说，唐洛阳人，累官中书令，封燕国公。

答王定国　颍州

辱书，感慰。谤焰已熄，端居委命，甚善！然所云百念灰灭，万事懒作，则亦过矣！丈夫功名，在晚节者甚多，定国岂愧古人哉！某未尝求事，但事来，即不以大小为之。在杭所施，亦何足道？但无愧怍而已！过蒙示谕，惭汗！若使定国居此，所为当更惊人，亦岂特止此而已。本州职官董华，密人，能具道政事，叹服不已，但恨公命未通尔！静以待之，勿令中途龃龉，自然获济。如国手棋，不须大段用意，终局便须赢也。

与赵德麟[一]

数日不接，思渴之至！冲冒风雪，起居何如？

119

端居者知愧矣！佛陁[二]波利之虐，一至此耶？乃知退之[三]排斥，不为无理也。呵呵！酒二壶迎劳，惟加鞭！

〔一〕赵令畤字德麟，坐与轼游，入党籍，后从高宗南渡，封安定郡王。

〔二〕佛陁：又作浮图，略名曰佛。

〔三〕韩愈字退之，力排佛教。

答参寥

两得手书，具审法体佳胜。辩才[一]遂化去，虽来去本无，而情钟我辈，不免凄怆也！今有奠文一首，并银二两，托为致茶果一奠之。颖师得书，且喜进道。纸尾待得闲写去。余惟万万自重！

〔一〕辩才：杭州高僧。

与孔毅父〔一〕　扬州

到扬，吏事清暇，而人事十倍于杭，甚非老拙所堪也。熟观所历数路，民皆积欠为大患。仁圣〔二〕抚养八年，而民未苏者，正坐此事尔！方欲出力理会，谁肯少助我者乎？此间去公咫尺尔，而过往妄造言语者，或言公欲括田而招兵，近问得皆虚，想出于欲邀功赏而不愿公来者也。事之济否皆天也，君子尽心而已！无由面见，临纸惘惘！

〔一〕孔平仲字毅父，清江人。以进士知衡州，坐不推行常平法，谪惠州别驾。

〔二〕仁圣：谓仁宗皇帝也。

与范纯夫

《忠文公碑》，固所愿托附，但平生本不为此，中间数公，盖不得已，不欲卒负初心；自出都后，更不作不为，已辞数家矣，如大观[一]，其一也。今不可复写，千万亮察！鲁直日会，且致区区。两辱书皆未答，直懒尔，别无说。然鲁直不容我，谁复能容我者？

〔一〕潘大观：黄冈人，大临弟，兄弟皆以诗名，尝从轼及黄庭坚游。

与人

钦服下风，为日久矣！迟暮相从，倾盖如故[一]，非气类自然，抑宿昔缘契也。人来，辱手教，得闻起居胜常，堂上康福，感慰深矣。某凡百如故，又得无咎切磨[二]，知幸。

〔一〕倾盖：行道相遇，并车对语，两盖相切而下倾也。倾盖如故，谓一见如旧相识也。

〔二〕切磨：谓互相勉励也。《诗》："如切如磋，如琢如磨。"

答潘彦明

辱书,感慰无量!比日起居何如?别来不觉九年,衰病有加,归休何日?往来纷纷,徒有愧叹!知东坡甚葺治,故人仍复往还其间否?会合无期,临纸怅惘!

与子安兄

每闻乡人言,四九、五九两侄,为学勤谨,事举业尤有功,审如此,吾兄不亡矣!惟深念负荷之重,益自修饬,乃是颜、闵[一]之孝,贤于毁顿[二]远矣!此间五郎、六郎乍失母,毁痛难堪,亦以此戒之矣!吾兄清贫,遭此固不易处。某亦为一年两丧,困于医药殡敛,未有以相助,且只令杨济甫送二千为一奠,余俟少暇也。

〔一〕颜、闵:谓颜渊、闵子骞,孔子弟子也。

〔二〕毁顿:哀毁困顿也。

与钱济明　定州

别后至今,遂不上问,想察其家私忧患也。远辱专使手书,且审侍奉起居康胜,感慰兼极! 老妻奄忽,今已半年。衰病岂复以此汩缠。但晚景牢落,亦人情之不能免。重烦慰谕,铭佩至意。然公亦自有爱女之戚,初不知,奉疏后时,惭负不已! 出守中山〔一〕,谓有缓带〔二〕之乐,而边政颓坏,不堪开眼,颇费锄治。近日逃军衰止,盗贼皆出疆矣。幕客得李端叔,极有助。闻两浙连熟,呻吟疮痍,遂一洗耳。何时会合,临书惘惘!

〔一〕中山:今河北定县。
〔二〕缓带:谓放松腰带,态度从容也。

与程德孺　南迁

在定辱书,未裁答问,仓卒南来,遂以至今!

124

比日切惟起居佳胜。老兄罪大责薄,未塞公议,再有此命,兄弟俱窜,家属流离,污辱亲旧。然业已如此,但随缘委命而已!任德翁同行月余,具见老兄处忧患次第,可具问,更不详书也。懿叔赴阙[一],今何在?因书道区区。后会无期,临书惘惘!余热,万万以时珍重!

〔一〕阙:天子宫阙也。赴阙,犹言入朝。

答钱济明 惠州

专人远辱书,存问加厚,感悚无已!比日郡事余暇,起居何如?某到贬所,阖门省愆[一]之外,无一事也。瘴乡风土,不问可知,少年或可久居,老者殊畏之;唯绝嗜欲,节饮食,可以不死。此言已书诸绅矣。余则信命而已!近来亲旧书问已绝,理势应尔。济明独加于旧,高义凛然,固出天资,但愧不肖何以得此?会合无期,临纸怆恨!

〔一〕省愆：省察罪过也。

答徐得之 惠州

张君来，辱书，存问周至，感激不已！即日哀慕〔一〕之余，孝履如宜。某到惠已半年，凡百粗遣，既习其水土风气，绝欲息念之外，浩然无疑，殊觉安健也。儿子过颇了事，寝食之余，百不知管，过亦颇力学长进也。子由频得书，甚安。一家今作四处，住惠、筠、许、常也〔二〕，然皆无恙。得之见爱之深，故详及之，不须语人也。瞻企邈然，临书惘惘。乍热，惟万万节哀，顺变自重！

〔一〕哀慕：谓悲念亡亲也。
〔二〕惠州在广东，筠州在江西，许州在河南，常州在江苏。

答参寥 惠州

专人远来，辱手书，并示近诗，如获一笑之乐，

126

数日喜慰忘味也！某到贬所半年，凡百粗遣，更不能细说，大略只似灵隐、天竺和尚退院后〔一〕，却住一个小村院子，折足铛中罨糙米饭吃〔二〕，便过一生也得。其余瘴疠病人，北方何尝不病？是病皆死得人，何必瘴气？但苦无医药；京师国医手里，死汉尤多。参寥闻此一笑，当不复忧我也。故人相知者，即以此语之，余人不足与道也。未会合间，千万为道善爱自重。

〔一〕灵隐、天竺：皆杭州佛寺。退院：谓不任事之僧也。

〔二〕铛：音当，温器也。罨：音奄。掩覆之曰罨。

又 惠州

颖沙弥〔一〕书迹巉耸可畏，他日真妙总门下龙象也！老夫不复止以诗句字画期之矣。老师年纪不少，尚留情诗句字画间，为儿戏事耶？然此回示诗超然，真游戏三昧也〔二〕！居闲，不免时时弄笔。见索书字要楷法，辄作数篇，终不甚楷也。只一读了，付颖师收，勿示余人也。《雪浪斋诗》尤奇伟，感激感激！转海相访，一段奇事，但闻海舶遇风，如在高山上坠深谷中，非愚无知与至人[三]，皆不可处。胥靡[四]遗生，恐吾辈不可学。若是至人无一事，冒此崄做什么？千万勿萌此念。意颖师喜于得预乘桴之游耳[五]。所谓无所取裁者，其言不可听，切切！相知之深，不可不尽道其实耳。自揣余生，必须相见，公但记此言，非妄语也。

〔一〕沙弥：初出家者之称。梵语息慈之义，得安息于慈悲之地。

〔二〕三昧：梵语，其义为正定。今谓奥妙之处曰三昧。

〔三〕至人：犹言圣人。《庄子》："至人无己。"

〔四〕胥靡：刑徒也。

〔五〕桴：拂鸟切，音敷，编竹木代舟也。《论语》："子曰：道不行，乘桴浮于海，从我者其由与？"

答王商彦 　惠州

忝亲戚之末，未常修问左右，又方得罪屏居，敢望记及之？专人远来，辱笺教累幅，称述过重，慰劳加等，幸甚！即日履兹秋暑，尊体何如？某仕不知止，临老窜逐，罪垢增积，玷污亲友。足下昆仲，曲敦风义，万里遣人问安否，意其可忘？书词雅健，陈义甚高，但非不肖所称也。蜀、粤相望天末，何时会合，临书惘惘！未审受任何地。来岁科诏，伫闻峻擢[一]，以慰愿望。未间，更冀若时自重！

〔一〕峻擢：犹言高升也。

与程天侔 　惠州

白鹤峰新居成，当从天侔求数色果木，太大则难活，太小则老人不能待，当酌中者。又须土碪稍大不伤根者为佳。不罪！不罪！

与程正辅提刑　惠州

　　窜逐海上，诸况可知。闻老兄来，颇有佳思。昔人以三十年为一世，今吾老兄弟，不相从四十二年矣，念此，令人凄断。不知兄果能为弟一来否？然亦有少拜闻，某获谴至重，自到此旬日，便杜门自屏[一]，虽本郡守，亦不往拜其辱[二]，良以近臣得罪，省躬念咎，不得不尔。老兄到此，恐亦不敢出迎。若以骨肉之爱，不责末礼而屈临之，余生之幸，非所敢望也！其余区区，殆非纸墨所能尽。惟千万照悉而已。德孺、懿叔久不闻耗，想频得安问。八郎、九郎亦然。令子几人侍行？若巡按必同行，因得一见，又幸。舍弟近得书，云在湖口，见令子新妇，亦具道尊意，感服不可言！

　　〔一〕屏：彼影切，音丙，除也，去也，斥也。自屏，谓自行屏斥，不欲与人交接也。

〔二〕往拜其辱：谓辱彼相访，未往答拜也。

又　惠州

　　老兄近日酒量如何？弟终日把盏，积计不过五银盏耳。然近得一酿法，绝奇，色、香、味皆疑于官法矣。使旆来此有期，当预酝也。向在中山，创作松醪〔一〕，有一赋，闲录呈，以发一笑。

〔一〕醪：勒敖切，音劳，浊酒也。松醪，酒名。

又　惠州

　　谪居穷寂，谁复顾者？兄不惜数舍之劳，以成十日之会，惟此恩意，如何可忘？别后不免数日牢落，窃惟尊怀亦怅然也。但痴望沛泽〔一〕北归，得复会见尔！到广〔二〕少留否？比日起居何如？某到家无恙，不烦念及。未参候间，万万若时自重！

〔一〕沛泽：沛然降雨泽，喻天恩也。

〔二〕广：广州。

又　惠州

近乡僧法舟行，奉书必达。惠州急足还，辱手教，且审起居佳胜，感慰兼集！宠示《诗域》、《醉乡》二首，格力益清妙。深欲继作，不惟高韵难攀，又子由及诸相识皆有书痛戒作诗。有说不欲详言。其言切甚，不可不遵用。空被来贶，但惭汗而已！兄欲写陶体诗〔一〕，不敢奉违，今写在扬州日二十首寄上，亦乞不示人也。未由会合，日听除音〔二〕而已！惟万万若时自重！

〔一〕陶：陶潜也。轼有和陶诗。

〔二〕古谓任命官吏曰除。除音：谓任命消息也。

又　惠州

少恳冒闻〔一〕：向所见海会长老，甚不易得，院子亦渐兴葺。已建法堂甚宏壮,某亦助施三十缗,足令起寝堂,岁终当圆备也。院旁有一陂,诘曲[二]群山间,长一里有余。意欲买此陂,属百姓见说数十千可得。稍加葺筑,作一放生池。囊中已罄,辄欲缘化老兄及子由各出十五千足,某亦竭力共成此一事。所活鳞介[三],岁有万数矣。老大没用处,犹欲作少有为功德,不知兄意如何?如可,便乞附至,不罪!不罪!

〔一〕少恳冒闻:谓有少许事奉求,冒昧上达也。

〔二〕诘曲:犹言屈曲。

〔三〕鳞:鱼类。介:龟鳖之属。

又　惠州

此中湖鱼之利,下塘常为启闭之所,岁终竭泽而取,略无脱者。今若作放生池,但牢筑下塘,永不开口,水涨溢,即听其自在出入,则所活不赀矣[一]!

〔一〕不赀：犹言不可胜数也。

又 惠州

忽复残腊，会合无缘，不能无天末流离之念也！急足回，辱书，具审尊体康胜。仍示佳语五章，字字新奇，叹咏不已。老嫂奄隔，更此徂岁〔一〕，想加凄断，然终无益，惟日远日忘为得理也。某近苦痔，殊无聊，杜门谢客，兀然坐忘尔！新春，为国自爱，早膺北归殊宠。

〔一〕徂：往也。徂岁，犹言将尽之岁。

又 惠州

某睹近事，已绝北归之望。然中心甚安之。未话妙理达观，但譬如元是惠州秀才，累举不第〔一〕，有何不可？知之免忧。诗累欲和，韵崄〔二〕，又已更老手五赓〔三〕，殆难措辞也，亦苦痔无情思耳。惠黄雀，感愧感愧！子由一书，告早入皮筒，幸甚！幸甚！

〔一〕不第：谓不登进士第也。

〔二〕峻：与险通。凡作诗所用之韵不易多押者，谓之险韵。

〔三〕赓：和也。

又　惠州

人来，辱书，伏蒙履兹新春，起居佳胜。至孝通直，已还左右，感慰良深。且闻有北辕之耗〔一〕，尤副卑望。《咏史》等诗高绝，每篇乃是一论，屈滞他作绝句也。前后惠诗皆未和，非敢懒也。盖子由近有书深戒作诗，其言切至，云当焚砚弃笔，不但作而不出也。不忍违其忧爱之意，所以遂不作一字，惟深察！吾兄近诗益工，孟德有言："老而能学，惟余与袁伯业。"此事不独今人不能，古人亦自少也。未拜命间，频示数字，慰此牢落。余惟万万为时自重！

〔一〕辕：于元切，音袁，驾车之木，施于舆底轴上，左右各一外出向前者。北辕，犹言北归。耗：消息也。

答王敏仲　惠州

春候清穆，切惟抚驭[一]多暇，起居百福，甘雨应期，远迩滋洽，助喜慰也。某凡百粗遣，适迁新居，已浃旬日[二]，小窗疏篱，颇有幽趣。贱累亦不久到矣。未期瞻奉，万万为国自重。

〔一〕抚驭：谓安抚驾驭，犹言施政也。
〔二〕浃日：谓自甲至癸，周匝十日也。

又　惠州

两蒙赐教，感慰深至。曾因周循州行[一]，奉状，想已尘览。即日台候何如？越人事嬉游，盛于

136

春时,高怀俯就,想复与众同之。天色澄穆,亦惟此时也。莫缘陪后乘[二],西望增慨!

〔一〕循州:在今广东惠阳县北。周循州,谓循州刺史周氏。

〔二〕后乘:犹言后车。

与范纯夫

某谓居瘴乡,惟静绝欲念,为万全之良药,公久已尔,不在多祝也。子由极安常,燕坐[一]胎息而已。有一书,附纳。长子迈即宜兴挈两房来,已到循州,一行并安。过近往迎之,得耗,且夕到此。某见独守舍耳!次子迨在许下。子由长子名迟者,官满来筠[二]省觐,亦不久到。恐要知。六妇与二孙并安健。过去日,留一书并数品药在此,今附何秀才去。如闻公目疾尚未平,幸勿过服凉药。暗室瞑坐数息,药功何缘及此?两承惠锡器,极荷重意!丹霞观张天师遗迹,傥有良药异事乎?令

137

子不及别书,侍奉外多慰。子功之丧,忽已除祥〔三〕,哀哉奈何!诸子想各已之官。某孙妇甚长,且夕到此矣。

〔一〕燕坐:犹言安坐。胎息:道家修炼之术。《抱朴子》:"得胎息者,能不以口鼻嘘吸,如在胞胎之中,则道成矣。"

〔二〕筠州,今江西高安县。

〔三〕除祥:除谓除服。祥,丧祭名。《礼》:"父母之丧,期而小祥,又期而大祥。"

与循守周文之　惠州

近日屡获教音,及林增城至〔一〕,又得闻动止之详,并深感慰。桃、荔、米酒诸信皆达矣,荷佩厚眷,难以尽喻!今岁荔子不熟,土产早者,既酸且少,而增城晚者不至,方有空寓岭表之叹。忽信使至,坐有五客,人食百枚,饱外又以归遗。皆云,其香如练家紫〔二〕,但差小耳。二广未尝有此,异哉!

又使人健行,八百枚无一损者,此尤异也!林令奇士,幸此少留,公所与〔三〕者,故自不凡也。蒸暑异常,万万以时珍嗇〔四〕!

〔一〕增城:县名,属广东。

〔二〕练家紫:荔枝之有名者。

〔三〕所与:犹言所交。

〔四〕嗇:爱惜之意。

又　惠州

近蒙寄示画图及新堂面势,仍求榜名。岭南无大寒甚暑,秋冬之交,勾萌〔一〕盗发,春夏之际,柯叶潜改,四时之运,默化而人不知。民居其间,衣食之奉,终岁一律,寡求而易安,有足乐者。若吏治不烦,即其所安而与之俱化,岂非牧养〔二〕之妙手乎?文之治循,已用此道,故以"默化"名此堂,如何?可用,便请题榜也。

〔一〕勾萌:草木始生时,屈者为勾,直者为萌。

〔二〕牧养:谓畜养人民也。古称州长曰牧。

与林济甫　儋耳〔一〕

眉兵至,承惠书,具审尊体佳胜,眷爱各安。某与幼子过南来,余皆留惠州。生事狼狈,劳苦万状,然胸中亦自有翛然处也〔二〕。今到海岸,地名递角场,明日顺风,即过海矣。回望乡国,真在天末! 留书为别。未间,远惟以时自重!

〔一〕儋耳:在今广东儋县,清属琼州府。

〔二〕翛:西腰切,音宵。翛然,自得貌。

答程全父推官　儋耳

别遽逾年,海外穷独,人事断绝,莫由通问。舶到,忽枉教音,喜慰不可言! 仍审起居清安,眷爱各佳。某与儿子初无病,但黎、蜑〔一〕杂居,无复人理，资养所急，求辄无有。初至，僦官屋数椽[二]，近复遭迫逐，不免买地结茅，仅免露处，而囊为一空。困厄之中，何所不有，置之不足道，聊为一笑而已！平生交旧，岂复梦见？怀想清游，时诵佳句，以解牢落。

〔一〕黎：即后汉之俚人。粤俗呼山岭为黎，俚人居其中，因讹为黎，今居琼州之五指山。蜑：惰懒切，音但，南蛮之一种，以渔为业，以舟楫为家。

〔二〕僦：即宥切，酒去声。租赁房舍曰僦屋。

又　儋耳

阁下才气秀发，当为时用久矣，遐荒安可淹驻？想益辅以学，以昌其诗乎！仆焚毁笔砚已五年，尚寄味此学，随行有《陶渊明集》，陶写伊郁，正赖此耳！有新作，递中示数篇，乃珍惠也。山川风气，能清佳否？孰与惠州比？此间海气蒸溽，不可言，引领素秋，以日为岁也！寄贶佳酒，岂惟海南所无，殆二广未尝见也。副以糖水、精面等，一一感铭，非眷存至厚，何以得此？悚怍之至。此间纸不堪覆瓿[一]，来者已竭。有便，可寄百十枚否？不必甚佳者。

〔一〕覆：盖也。瓿：泊藕切，音剖，又婆吾切，音蒲，缶也。以瓦为之，盛醯酱之物也。

又　儋耳

便舟来，辱书问讯既厚矣，又惠近诗一轴，为赐尤重。流转海外，如逃深谷，既无与晤语者，又书籍举无有，惟陶渊明一集、柳子厚诗文数册常置左右，目为二友。今又辱来贶，清深温丽，与陶、柳真为三矣。此道比来几熄，海北亦岂有语此者耶？新春，伏想起居佳胜。某与儿子亦粗遣，穷困日甚，亲友皆疏绝矣！公独收恤如旧，此古人所难也。感怍不可言，惟万万以时自爱！

又　儋耳

儿子比抄得《唐书》一部〔一〕，又借得《前汉》〔二〕欲抄。若了此二书，便是穷儿暴富也。呵呵！老拙亦欲为此，而目昏心疲，不能自苦，故乐以此告壮者尔。纸、茗佳惠，感怍！感怍！丈丈惠药、米、酱、姜、盐、糖等，皆已拜赐矣。江君先辈辱书，深欲裁谢，连写数书，倦甚，且为多谢不敏也。

〔一〕《旧唐书》，刘昫撰。《新唐书》，宋祁等撰。
〔二〕《前汉书》，班固撰。

又　儋耳

久不得毗陵信〔一〕，如闻浙中去岁不甚熟，曾得家信否？彼土出药否？有易致者，不拘名物，为寄少许。此间举无有，得者即为希奇也。间或有粗药，以授病者，入口如神，盖未尝识耳。

〔一〕毗陵：今江苏常州。

答程天侔　儋耳

去岁僧舍屡会，当时岂知为乐？今者海外无复梦见！聚散忧乐，如反复手，幸而此身尚健。得来讯，喜侍奉清安。知有爱子之戚，襁褓〔一〕泡幻，不须深留恋也。仆离惠州后，大儿子房下亦失一男孙，悲怆久之，今则已矣。此间食无肉，病无药，居无室，出无友，冬无炭，夏无寒泉，然亦未易悉数，大率皆无尔！惟有一幸，无甚瘴也。近与儿子结茅屋数椽居之，仅庇风雨，然劳费已不赀矣！赖十数学生助工作，供泥水之役，愧之不可言也！尚有此身，付与造物者，听其运转，流行坎止〔二〕，无不可者。故人知之，免忧。夏热，万万自爱！

〔一〕襁：纪养切，音缫。褓：补袄切，音保。襁褓，小儿衣被也。《金刚经》："如露亦如电，如梦幻泡影。"

〔二〕贾谊《鵩鸟赋》："乘流则逝兮，得坎则止。"谓随遇而安也。

又

近得子野书,甚安。陆道士竟以疾不起,葬于河源矣! 前会岂非一梦耶? 仆既病倦不出,然亦无与往还者,阖门面壁而已! 新居在军城南,极湫隘,粗有竹树,烟雨蒙晦,真蜒坞獠洞也[一]。惠酒绝佳。旧在惠州以梅酝为冠,此又远过之。牢落中得一醉之适,非小补也。

〔一〕獠:鲁脑切,音老,西南夷之一种,常居山洞中。

与郑嘉会 儋耳

舶人回,奉状必达。比日起居佳胜,贵眷令子各安。某与过亦幸如昨。初赁官屋数间居之,既不佳,又不欲与官员相交涉。近买地起屋五间,一龟头在南污池之侧,茂林之下,亦萧然可以杜门面壁少休也。但劳费贫窘耳！此中枯寂，殆非人世，然居之甚安。况诸史满前，甚可与语者也。著书则未，日与小儿编排齐整之，以须异日归之左右也。小客王介石者，有士君子之趣。起屋一行，介石躬其劳辱，甚于家隶，然无丝发之求也。顾某念之，有可以照庇之者，幸不惜也。死罪！死罪！柯仲常旧有契，因见，道区区。

与元老侄孙[一]　儋耳

元老侄孙秀才：屡得书，感慰！十九郎墓表，本是老人欲作，今岂推辞？向者犹作宝月志文，况此文义当作，但以日近忧畏愈深，饮食语默，百虑而后动，想喻此意也。若不死，终当作耳！近来须鬓雪白加瘦，但健及啖啜如故耳。相见无期，惟当勉力进道，起门户为亲荣。老人僵仆海外，亦不恨也。

〔一〕元老：名在庭，东坡从孙，官太常少卿，有《九峰集》。

又　儋耳

侄孙元老秀才：久不闻问，不识即日体中佳否？蜀中骨肉，想不住得安信。老人住海外如昨，但近来多病，瘦悴，不复往日，不知余年复得相见否？循、惠不得书久矣！旅况牢落，不言可知。又海南连岁不熟，饮食百物艰难，及泉、广〔一〕海舶绝不至，药物、酱酢等皆无，厄穷至此，委命而已！老人与过子相对，如两苦行僧耳！然胸中亦超然自得，不改其度，知之，免忧。所要志文，但数年不死便作，不食言也。侄孙既是东坡骨肉，人所觑看。住京，凡百倍加周防，切祝！切祝！今有书与许下诸子，又恐陈浩秀才不过许，只令送与侄孙，切速为求便寄达。余惟千万自重！

〔一〕泉、广：谓泉州与广州也。

又 儋耳

侄孙近来为学何如？恐不免趋时。然亦须多读书史，务令文字华实相副，期于实用乃佳，勿令得一第后，所学便为弃物也。海外亦粗有书籍，六郎亦不废学，虽不解对义，然作文极俊壮，有家法。二郎、五郎见说亦长进，曾见他文字否？侄孙宜熟看前、后《汉书》[一]及韩、柳文[二]。有便，寄近文一两首来，慰海外老人意也！

〔一〕《后汉书》：范晔撰。

〔二〕韩、柳：谓韩愈、柳宗元也。

与范元长 儋耳

毒暑，远惟孝履如宜。海外粗闻近事，南来诸人，恐有北辕之渐，而吾友翰林公，独隔幽显[一]，言之痛裂忘生，矧昆仲纯笃之性，感恸摧割，如何可言！奈何！奈何！老朽一言，非苟以相宽者，先公清德绝识，高文博学，非独今世所无，古人亦罕有能兼者，岂世间混混生死流转之人哉？其超然世表，如仙佛之所云必矣。况其平生自有表见于无穷者，岂必区区较量顷刻之寿否耶？此意卓然，唯昆弟深自爱。得归，亦勿亟遽，俟秋稍凉而行为佳。某深欲一见左右，赴合浦，不惜数舍之迂，但再三思虑，不敢尔！必深察。临行，必预有书相报。热甚，万万节哀自重！

〔一〕幽显：犹言死生。

与秦少游　儋耳

某已封书讫，乃得移廉[一]之命，故复作此纸。治装十日可办，但须得泉人许九船，即牢稳可恃，余蜑舟多不堪。而许见在外邑未还，须至少留待之，约此二十五六间可登舟。并海岸行一日，至石排，相风色过渡，一日至递角场。但相风难刻日尔！已有书托吴君雇二十壮夫来递角场相等，但请雇下，未要发来，至渡海前一两日，当别遣人去报。若得及见少游，即大幸也。今有一书与唐君，内有儿子书，托渠转附去，料舍弟已行矣。余非面莫究。

〔一〕廉州，今广东合浦县。

与杨子微 北归

某如闻有移黄〔一〕之命，若果尔，当自梧〔二〕而广，须惠州骨肉到同往。计公昆仲扶护舟行当过黄，又恐公自湖南路，行不由江，即不过黄，不知某能及公前到黄乎？漂零江海，身非己有，未知归宿之地，其敢必会见之日耶？惟昆仲金石乃心，困而不折，庶几先公之风，没而不亡也。临纸哽塞，言不尽意。

〔一〕黄：湖北黄州。

〔二〕梧：广西梧州。

又　北归

过雷州〔一〕，奉书必达。到容南〔二〕，知昆仲皆苦瘴痢，又闻寻已痊损，不知即日如何？扶护哀苦，又须勉强开解，卑心忧悬，书不能尽。奉嘱之意，惟深察此心。哀哉少游！痛哉少游〔三〕！遂丧此杰耶！赖昆仲之力，不至狼狈。某日夜前去，十六七间可到梧。若少留，一见尤幸。某到梧，当留以待惠州人至，同泝贺江也。速遣此人达书。

〔一〕雷州：今广东海康县。
〔二〕容南：谓广西容县南境也。
〔三〕秦观南迁放归，行至藤州，病卒。

又　北归

永州〔一〕人来，辱书，承孝履粗遣，甚慰思望。

比谓梧州追及，又将相从泝贺，已而水干无舟，遂有番禺[二]之行。与公隔绝，不得一拜先公及少游之灵，为大恨也！同贬先逝者十人，圣政日新，天下归仁，惟逝者不可返，如先公及少游，真为冀北之空也[三]！徒存仆辈何用？言之痛陨何及！某即度庾岭[四]，欲径归许昌[五]，与舍弟处，必遂一见昆仲。未间，惟万万强食自重。

〔一〕永州：今湖南零陵县。

〔二〕番禺：今广东省会。

〔三〕冀北群空，喻人才消乏也。

〔四〕庾岭：即大庾岭，在赣粤交界处。

〔五〕许昌：今属河南。

又　北归

某忽有玉局之除[一]，可为归田之渐矣。痛哲人之亡，诵殄瘁之章[二]，如何可言？早收拾事迹，编次著撰，相见日以授也。处素因会，多方勉之，以不坠门户为急。监司无与相知者,及毛君亦不识,未敢发书。前路问人,有可宛转为言者,专在意也。漂流江湖,未能赴救,以为惭负。有银五两,为少游斋僧〔三〕,乞转与处素也。

〔一〕玉局:道观名。轼北归,有提举玉局观之命。

〔二〕《诗经》:“人之云亡,邦国殄瘁。”

〔三〕斋僧:谓请僧人作佛事,追荐亡灵也。

与欧阳晦夫　北归

愁霖终日,坐企谈晤,不审尊候佳否?《地狱变相》〔一〕已跋其后,可详味之,似有补于世者。并字数纸纳去。某所苦已平,无忧。闻少游恶耗,两日为之食不下,然来卒说得灭裂,未足全信。非久,唐簿必有书来言。且夕话别,次仁人之馈,固当捧领。但以离海南,儋人争致赠遗,受之则若饕餮然〔二〕,所以一路俱不受。若至此独拜宠赐,则见罪者必众。谨命驰纳,千万恕察,仍寘〔三〕来耗,幸甚！幸甚！

〔一〕唐吴道子尝画《地狱变相图》。

〔二〕饕：他鏖切，音滔。餮：畅噎切，音铁。贪财为饕，贪食为餮。

〔三〕寝：阁置也。

答钱济明　北归

某忽又闻公有闺门之戚，悲惋不已。贤淑令人，久同忧患，乍失内助，哀毒〔一〕何堪！然人生此苦，十人而九，结发偕老，殆无而仅有也。惟深照痛遣，勿留胸次。令子哀疚难堪，惟当勉为亲庭节减摧慕〔二〕。本欲作慰疏，适旅中有少纷扰，灯下倦怠，不能及也。千万恕察。某若住常，即自与公相聚；若常不可居，亦须到润〔三〕与程德儒相见。公若枉驾一至金山，又幸也。

〔一〕哀毒：犹言哀痛。

〔二〕摧慕：谓毁伤身体，思慕亡亲也。

〔三〕润州：今江苏镇江。

答苏伯固[一]　　北归

人至，辱书，承别后起居佳胜，感慰深矣。念亲怀旧之心，何时可以易此？顾未有以为计，当且少安之。神明知公心如此，当自有感应。非久见师，是当谋之。某留虔州[二]已四十日，虽得舟，犹在赣外，更五七日，乃乘小舫往即之[三]，劳费百端。又到此长少卧病，幸而皆愈，仆卒死者六人，可骇！住处非舒[四]则常，老病惟退为上策。子由闻已归至颍昌矣[五]。会合何日？万万保啬！

〔一〕苏坚，字伯固。

〔二〕虔州：今江西赣县。

〔三〕即之：就之也。

〔四〕舒：今安徽舒城县。

〔五〕颍昌：即许州，今河南许昌县。

又　北归

某凡百如昨，但抚视《易》、《书》、《论语》三书，即觉此生不虚过，如来书所谕，其他何足道！三复诲语，钦诵不已！寄惠钟乳[一]及檀香，大济要用，乳已足剩，不烦更寄也。感愧之至！江晦叔已到。霍子侔往太和[二]听命。三儿子促装登舟，未暇上状。《春晦亭记》亦以忙未暇作，少间，当为作也。令子疾知减退，可喜！可喜！

[一]钟乳：药品，即石钟乳也。

[二]太和：县名，属江西。

又　北归

住计龙舒[一]为多，大盆如命取去，为暑中浮瓜沉李之一快也。《论语说》得暇当录呈。源、修二老，行当见之，并道所谕也。到虔州日，往诸刹〔二〕游览,始见中原气象,泰然不肉而肥矣! 何时得与公久聚,尽发所蕴相分付耶? 龙舒闻有一官庄可买,已托人问之。若遂,则一生足食杜门矣。灯下倦书,不尽所怀。

〔一〕龙舒:今舒城县南有龙舒河。

〔二〕刹:差瞎切,梵语瑟刹之简称,佛寺所立之幡竿也,后遂通称佛寺曰刹。

与钱志仲　北归

某去此不复滞留,至安居处,当缕细驰问,不敢外,辄用手启,恃深眷也,乌丝〔一〕当用写道书一篇,非久纳上。恶诗不足录也。事简客稀,高堂清风,有足乐者。想时复见念耶? 吉州〔二〕幕柳致与之久,故知其吏干过人,不能和众,多获嫌忌,然其实无他也。憔悴将老矣! 念非大度盛德孰能收而用之? 试以众难,必有可观者。药有毒,乃能已疾;马不蹄啮,多拙于行。惟深念才难,勿责全也。

若公遂成就之,此子极有可采,必为门下用。恃明照,僭言,死罪! 死罪!

与人 北归

某日望归蜀耳! 终当过岐、雍间〔一〕,徜徉少留,以偿宿昔之意。君自名臣子,才美渐著,岂复久浮沉里中? 宜及今为乐。异时一为世故所縻,求此闲适,岂可复得耶? 偶记旧与彭年一诗,读之盖泪下也。斯人有才而病废,故常多感慨,可念!可念! 聊复录此奉呈,想亦为之恻然也!

与宋汉杰 北归

某初仕,即佐先公,蒙顾遇之厚,何时可忘?

流落阔远,不闻昆仲息耗,每以怅叹!辱书累幅,话及畴昔,良复慨然!三十余年矣,如隔晨耳,而前人凋丧略尽,仆亦仅能生还。人世一大梦,俯仰百变,无足怪者。唐辅令兄今复何在?未及奉书,因信略道区区。某只候水来即行矣。余留面尽。

答廖明略〔一〕　北归

远去左右,俯仰十年,相与更此百罹〔二〕,非复人事,置之勿污笔墨可也。所幸平安,复见天日。彼数子者何辜,独先朝露!吾侪皆可庆,宁复戚戚于既往哉?公议皎然,荣辱竟安在?其余梦幻去来,何啻蚊虻之过目前也。矧公才学过人远甚,虽欲忘世而世不我忘,晚节功名,直恐不免尔!老朽欲屏居田里,犹或得见,蜂蚁之微,寻以变灭,终不足道。区区仰念,有以广公之意者,切欲启事上答,冗迫不能就,惟深亮之!

〔一〕廖明略:名正,元祐中,召试馆职,东坡在翰林,

159

见其文,大奇之。有《竹林集》。

〔二〕百罹:犹言百忧也。《诗经·兔爰》:"我生之后,逢此百罹。"

答孔毅夫　北归

中间常父倾逝,不能一奉慰疏,但荒徼一慨而已,惭负至今! 承谕子由不甚觉老,闻公亦蔚然如昔,不肖虽皤然[一],亦无苦恙,刘器之乃是铁人。但逝者数子,百身莫赎[二],奈何! 江上微雨,饮酒薄醉,书不能谨。

〔一〕皤:蒲讹切,音婆,白也。

〔二〕《诗经·黄鸟》:"如可赎兮,人百其身。"

答苏伯固　北归

辱书劳问愈厚,实增感慨,兼审尊体佳胜。今日到金山寺下,虽极艰涩,然尚可寸进,则且乘大舟,以便幼累。必不可前,则固不可辞小艇也。余生未知所归宿,且一切信任,乘流得坎,行止非我也。离英州日[一],已得玉局敕,感恩之外,实荷余庇。得来示,又知少游乃至如此。某全躯得还,非天幸而何!但益痛少游无穷已也!同贬死去大半,最可惜者,范纯父及少游,当为天下惜之,奈何!奈何!子由想已在巴陵[二],得宫观指挥,计便沿流还颍昌。某行无缘追及。昨在途中,风闻公下痢,想安复矣。

[一] 英州:在今广东英德县。
[二] 巴陵:今湖南岳阳县。

答王幼安　北归

蒙示谕过重,虽爱念如此,然忧患之余,未忘忧畏。朋友当思有以保全之者,过实之誉,愿为掩讳之也。许暂假大第,幸甚!幸甚!非所敢望也。得托庇偏庑,谨不敢薰污。稍定居,当求数亩荒隙,结茅而老焉。若未即填沟壑[一],及见伯仲功成而归,为乡里房舍客,伏腊[二]相劳问,何乐如之! 余非面莫究。

[一] 填沟壑:谓死亡也。

[二] 伏腊:伏日在夏,腊日在冬,秦汉时以为令节。

答胡道师　北归

再过庐阜[一],俯仰十九年,陵谷草木,皆失故态,栖贤、开先[二]之胜,殆亡其半。幻景虚妄,理固当尔。独山中道友契好如昔,道在世外,良非虚语。道师又不远数百里负笈相从,秉烛相对,恍若梦寐。秋声宿云,了然在吾目中矣。幸甚! 幸甚!

乍别,远枉专使手书,且审已还旧隐,起居胜常。明日解舟愈远,万万以时自重。

[一] 庐阜:即庐山。

〔二〕栖贤、开先：皆庐山名刹。

与子由 真州

子由弟：得黄师是遣人赍来四月二十二日书，喜知近日安胜。兄在真州，与一家亦健。行计南北，凡几变矣。遭值如此，可叹！可笑！兄已决计从弟之言，同居颍昌，行有日矣。适值程德孺过金山，往会之，并一二亲故皆在坐。颇闻北方事，有决不可往颍昌近地居者。事皆可信。人所报大抵相忌安排攻击者，北行渐近，决不静尔。今已决计居常州，借得一孙家宅，极佳。浙人相喜，决不失所也。更留真十数日，便渡江往常。逾年行役，且此休息。恨不得老境兄弟相聚，此天也，吾其如天何！亦不知天果于兄弟终不相聚乎？士君子作事，但只于省力处行，此行不遂相聚，非本意，甚省力避害也。候到定叠一两月，方遣迈去注官〔一〕，迫去般家〔二〕，过则不离左右也。葬地，弟请一面果决。八郎妇可用，吾无不用也。更破

163

十缗买地，何如留作葬事？千万莫徇俗也。林子中病伤寒十余日便卒，所获几何，遗恨无穷，哀哉！兄万一有稍起之命，便具所苦疾状力辞之，与迨、过闭户治田，养性而已。千万勿相念！今托师是致此书。

〔一〕注官：谓向官厅报告也。
〔二〕般家：即搬家。

与米元章[一]　常州

岭海八年，亲友旷绝，亦未尝关念。独念吾元章迈往凌云之气，清雄绝俗之文，超妙入神之字，何时见之，以洗我积岁瘴毒耶？今真见之矣，余无足云者。

〔一〕米芾，字元章，襄阳人。为文奇险，兼善书、画，自成一家。

又　常州

　　两日来,疾有增无减,虽迁闸外,风气稍清,但虚乏不能食,口殆不能言也。儿子于何处得《宝月观赋》,琅然诵之,老夫卧听之未半,蹶然[一]而起,恨二十年相从,知元章不尽。若此赋当过古人,不论今世也。天下岂常如我辈聩聩耶[二]？公不久当自有大名,不劳我辈说也。若欲与公谈,则实未能,想当更后数日耶。

　　〔一〕蹶:固卫切,读若桂。蹶然,惊动貌。
　　〔二〕聩:误坏切,读如溃。聩聩,无知貌。

又　常州

　　某两日病不能动,口亦不欲言,但困卧耳！承示太皇、草圣及谢帖,皆不敢于病中草草题跋,谨且驰纳,俟少愈也。河水污浊不流,薰蒸益病,今

· 165 ·

日当迁往通济亭泊。虽不当远去左右,且就快风活水,一洗病滞。稍健,当奉谈笑也。

又　常州

某昨日啖冷过度,夜暴下[一],且复疲甚。食黄耆[二]粥甚美。卧阅四印奇古,失病所在。明日会食,乞且罢。需稍健,或雨过翛然时也。印却纳。

〔一〕暴下:谓突然泄泻也。

〔二〕黄耆:药草,性温。

又　常州

某食则胀,不食则羸甚[一],昨夜通旦不交睫,端坐饱蚊子耳!不知今夕云何度?示及古文,幸甚!谢帖未敢轻跋,欲书数句,了无意思,正坐老谬耳!眠食皆未佳,无缘遂东,当续拜简。

〔一〕羸：庐为切，音累，瘠也，疲弱也。

与径山长老惟琳 常州

卧病五十日，日以增剧，已颓然待尽矣！两日始微有生意，亦未可必也。适睡觉，忽见刺字，惊叹久之。暑毒如此，岂耆年者出山旅次时耶？不审比来眠食何如？某扶行不过数步，亦不能久坐，老师能相对卧谈少顷否？晚凉，更一访。

又 常州

岭南万里不能死，而归宿田野，遂有不起之忧，岂非命也夫！然生死亦细故耳，无足道者，惟为佛为法为众生自重！

黄庭坚

与洪甥驹父[一]

驹父知录外甥：得手书，知官下安胜为慰。所寄文字，更觉超迈，当是读书益有味也。学问文章，如甥才气笔力，当求配于古人，勿以贤于流俗遂自足也。然孝友忠信，是此物之根本，极当加意，养以敦厚醇粹，使根深蒂固，然后枝叶茂尔。仕宦如农夫之耕，其得秋在深耕而熟耰之[二]，岁事之成，则有命焉。每见邠老[三]，亦为之道此，不审以为何如？至亲中失公择、莘老[四]，胸中至今愦愦，不可思念。余惟自爱耳！舅某书致。

〔一〕洪刍，字驹父，南昌人。与兄朋、弟炎、羽俱负才名，号四洪。刍诗尤工。

〔二〕襚：衣休切，音忧，覆种也。

〔三〕潘大临字邠老，黄冈人，与弟大观皆以诗名，有《柯山集》。

〔四〕公择：李常也。孙觉字莘老，高邮人。

又

驹父：别后悯然者累日。虽道途悠远，鸿雁相依，颇不索漠。黄州人来，得平安之音，甚慰也。即日想安胜。太守书颇相知，更希善事之。尺璧之阴〔一〕，当以三分之一治家，以其一读书，以其一为棋酒，公私皆办矣。玉父〔二〕若且留黄，亦自佳，不知能如此否？外婆比来意思殊胜，比去冬十分减六七，望夏秋间得佳也。

〔一〕《淮南子》："圣人不贵尺之璧，而重寸之阴。"阴：谓光阴也。

〔二〕洪炎，字玉父，诗似庭坚，有《西渡集》。

又

驹父外甥：昨得书，见笔札已眼明，及见诗，叹息弥日，不谓便能入律如此！可谓江南泽中产此千里驹也〔一〕。然望甥不以今之所能者骄稚人，而思不如舜、禹、颜渊。禹七年三过其门而不入，观《禹贡》之书〔二〕，厥功茂矣，然而终不伐，此必有长处。寡怨寡言，是为进德之阶，千万留意！犹望官下勤劳俗事勿懈。古人之言，犹钩其深，彼俗吏事，聪明者少加意，即当书最〔三〕。既以立家为事，荣及父母为心，当念如此。夜二十刻，许大郎来，言黄人不肯留，呼灯作此，极草草，续别为问。九舅白。

〔一〕屈原《卜居》："宁昂昂若千里之驹乎？"千里驹：名马也。

〔二〕《禹贡》：《夏书》篇名。禹制九州贡法，而详其山川道里之远近，物产之所宜，故曰《禹贡》。

〔三〕书最：谓考续列上等也。

又

驹父外甥推官：得来书，并寄近诗，句甚秀而气有余，慰喜不可言！甥风骨清润，似吾家尊行中有文者，忽见句法如此，殆欲不孤老舅此意。君子之事亲，当立身行道，扬名于后，文章直是太仓稊米耳〔一〕！此真实语，决不相欺。又闻颇以诗酒废王事〔二〕，此虽小疵，亦不可不勉除之。牛羊会计，古人以养其禄。老舅昔尝亦有此过，三折肱而成医〔三〕，其说痛可信也。邓翁亦甚相爱，论亦及此，切希加爱。不具。

〔一〕稊：田倪切，音题，草也，中有米而细。《庄子》："稊米之在太仓。"

〔二〕王事：犹言公务。

〔三〕《左传》："三折肱知为良医。"言其阅历多也。

171

又

　　所寄《释权》一篇，词笔纵横，极见日新之效[一]。更须治经，探其渊源，乃可到古人耳。《青琐祭文》，语意甚工，但用字时有未安处。自作语最难。老杜作诗，退之作文，无一字无来处，盖后人读书少，故谓韩、杜自作此语耳。古之能为文章者，真能陶冶万物，虽取古人之陈言入于翰墨，如灵丹一粒，点铁成金也。文章最为儒者末事，然既学之，又不可不知其曲折，幸熟思之！至如推之使高如泰山之崇，崛如垂天之云，作之使雄壮如沧江八月之涛，海运吞舟之鱼，又不可守绳墨令俭陋也。

〔一〕汤之盘铭："苟日新，日日新，又日新。"

与徐甥师川[一]

　　师川外甥奉议：别来无一日不奉思。春气暄

暖,想侍奉之余,必能屏弃人事,尽心于学。前承示谕自当用十年之功,养心探道,每咏叹此语。诚能如是,足以追配古人,刷前人之耻。然学有要道,读书须一言一句,自求已事,方见古人用心处。如此则不虚用功。又欲进道,须谢去外慕,乃得全功。古人云:“纵此欲者,丧人善事;置之一处,无事不办。”读书先净室焚香,令心意不驰走,则言下理会。少年志气方强,时能如此,半古之人,功必倍之。甥性识颖悟,必能解此,故详悉及之。夏初或得相见。因五舅行,草草。

〔一〕徐俯字师川,分宁人,七岁能诗,为舅黄庭坚所器,有《东湖集》。

又

比遣李掾〔一〕人报书,灭裂。及今欲一二作,临书头眩,意绪可知也。累日得雨,天气差凉,虽阻江山,风气不殊。比来八姊郡君尊候何似? 甥读书益有味否？须精治一经，知古人关捩子[二]，然后所见书传，知其指趣，观世故在吾术内。古人所谓"胆欲大而心欲小"。不以世之毁誉爱憎动，此胆欲大也；非法不言，非道不行，此心欲小也。文章乃其粉泽，要须探其根本，本固则世故之风雨不能漂摇。古人特立独行者，盖用此道耳。洪、潘[三]皆是佳少年，但未得严师畏友，追琢其相耳。忠信孝友，立则见其参于前，在舆则见其倚于衡[四]，当久而后能安之。若但绣其鞶帨[五]，又安能美七尺之躯哉？非甥辈有可以追古人之才，老舅不出此语也。末缘趋席，千万强学自重！

〔一〕掾：读如砚，古佐贰官之通称。

〔二〕捩：力啮切，屑韵。关捩子，与机轴同。

〔三〕洪、潘：谓洪刍兄弟及潘大临兄弟也。

〔四〕《论语》注："衡，轭也。言思念忠信，立则常想见参然在目前，在舆则若倚车轭。"

〔五〕鞶：蒲完切，音槃，大带也。帨：暑卫切，音税，佩巾也。《法言》："今之孝也，非独为之华藻，又从而绣其鞶帨。"

与秦少章[一]

辱惠教，审安胜为慰！学问之本，以自见其性为难。诚见其性，坐则伏于几，立则垂于绅，饮则列于尊彝[二]，食则形于笾豆[三]，升车则鸾和与之言[四]，奏乐则钟鼓为之说，故见己者无适而不当。至于世俗之事，随人有工拙者，君子虽欲尽心，夫有所不暇。相见乃尽之。

〔一〕秦觏字少章，高邮人。

〔二〕尊彝：古礼器，谓六尊六彝也。

〔三〕笾豆：古食器。笾以竹为之，豆以木为之。

〔四〕鸾和：皆铃也。《周礼》："以鸾和为节。"

又

辱简记，承学问不怠为慰！前得所惠书，展读颇有家法。此事要须从治心养性中来，济以学古之功。三月聚粮，可至千里。如足下才性之美，何患不及古人？但勿欲速成耳。诗轴都为谢公定借去，未取得，来即遣去。前承陈无己语〔一〕，有人问老杜诗如何是好处，但云："直须有孔窾〔二〕始得。"因相见，试道之。

〔一〕陈师道字无己，一字履常，彭城人。

〔二〕孔窾：空处也。窾，苦碗切，音款。

又

辱前惠教，并示新文累纸，又屡屈车马。公私匆匆不办，眼前盛意未报，然钦爱之诚则勤，足下当亮此。天气日夜凉，渐宜灯火，想于文字益有功。凡可以养生事亲者用心焉。事无道俗，一以贯之，独愿勿载得失于心术耳。尔后稍暇，当约过醋〔一〕，领略闲谈。

〔一〕酺：婆吾切，音蒲，大饮酒也。

又

作文字不必多，每作一篇，要商榷精尽，检阅不厌勤耳。举场〔一〕下笔迟涩，盖是平时读书不贯穿也。并书十扇，甚愧勤国士也。笔意殊有佳处。公旧学苏余杭书〔二〕，已有功，政坐变从不肖规摹，笔力小嫩耳！写字鄙事也，亦安用功？然贤于博弈，游息时聊尔为之。能使笔力悉从腕中来笔尾上，直当得意。

〔一〕举场：谓科举场中也。
〔二〕苏余杭：谓苏轼。

与俞清老　澹

得手教，承行李到淮阳〔一〕安稳，甚慰。俗间酒中，亦得磊落人知此道者否？不肖沉埋尘土中，已成流俗人，时时梦想，犹有曩时江湖云月尔！思欲弄舟风烟之外，婴缚〔二〕似未有脱期。永怀方外之人，自是宿债轻，不可更作茧自缠缚也。相望千里，无缘奉面，惟强饭自爱！

〔一〕淮阳：今河南淮阳县。

〔二〕婴：绕也。婴缚，犹言缠缚。

又

辱书，审宴居有以自乐。开轩陈书，想见柴桑道人〔一〕，甚慰怀仰。寄惠荆公自录诗，极荷勤笃不忘。"景陶轩"名未为佳，《诗》云："高山仰止，景行行止。"景，明也。高山明仰之，则行明行之尔。晋、魏间人所谓景庄、景俭等，从一人差误，遂相承谬耳！亦如所谓郡守为一麾也〔二〕。辄为题为"今是轩"〔三〕，并写去。某自去年三月已不作诗，徐为公作数语，并写渊明诗十数首，可作幨，张之轩中也。秀老归未？为致千万意！

〔一〕陶潜，浔阳柴桑人。

〔二〕古有"一麾出守"之语，遂谓郡守为一麾。

〔三〕陶潜《归去来辞》："觉今是而昨非。"

与王立之承奉

伏承手诲，审霜寒侍奉万福为慰！惠示时文，皆有为为之，甚善！更权以古人之言，求合于六艺〔一〕，当有日新之功。书室可名曰"求定斋"。古人有言："我徂惟求定。"木之能茂其枝叶者，以其根定也；水之能鉴万物者，以其尘定也，故曰"能定而后能虑"〔二〕。不审以为何如？适为亲老，今且苦痰久眩，故稽来使，又未能写所示纸轴，想熟察也。

〔一〕六艺：《诗》、《书》、《易》、《礼》、《乐》、《春秋》也。亦谓之六经。

〔二〕出《小戴礼记·大学篇》。

与潘邠老

比辱车马，瞻相风度，殊有尘外之韵，中心窃独喜。知足下胸中造于忠厚之实，故见此光华耳！得手诲并新文，匆匆中疾读，已觉沉疴去体，未三复也。蒲圻[一]纸佳惠，亦未暇省录。

〔一〕蒲圻：今湖北蒲圻县。

又

西方之书[一]，论圣人之学，以为由初发心以至成道，惟一直心，无委曲相，此最近之。

〔一〕佛经来自西方，故称西方之书。

又

子瞻论作文法，须熟读《檀弓》，大为妙论。书字甚工,然少波峭,政以观古人书少耳！可取古法帖,日陈左右,事业之余,辄临写数纸,颇胜弈棋废日。

又

辱教墨,甚勤惠顾,相与款曲之意,无日不勤。身在公家,又至过四十,渐不能堪,如此碌碌度岁月尔！承强学以祈不辱,此胜德之举。充斯言也,足以追配古人,文章安足道哉?

与王立之承奉

每思足下有日新时迈之气,颇欲以文字相从。所居既南北相望,又公私匆匆,初无暇日,但驰仰耳！辱教,审体力胜健为慰。承尊府往怀州,几时当归也?复少游书,词意自相了,佳作也。若读经史贯穿,使词气益遒,便为不愧古人矣。刘勰《文心雕龙》、刘子玄《史通》[一],此两书曾读否? 所论虽未极高，然讥弹古人，大中文病，不可不知也。高丽〔二〕纸得暇即写，多事，草草。

〔一〕梁刘勰著《文心雕龙》。唐刘知幾著《史通》。子玄，知幾字。

〔二〕高丽：一名高句骊，即今朝鲜。

又

比辱宠临，甚惠。匆匆不得款仁车马，多愧！得手字，知侍奉万福为慰！潘家珍渠已取去，《范蜀公墓铭》纳上。昨日市中已见蜡梅开者数枝矣！

又

笔十五、墨一，皆自用佳物，以公留意翰墨，故以相奉。研偶留局中，不携来，他日送上。来日恐子瞻来，可备少纸，于清凉处设几案陈之，如张武笔，其所好也。来日午后亦一到馆下。某顿首上。

又

如公之明敏,固若琼枝琪树,常欲在人目前;特以公私匆匆,又老亲常须医药,故不能数相见,然未尝忘怀也。辱手诲,审侍奉万福为慰!《蜡梅》佳句,并荷勤意。二年来不作诗,遂失句读矣[一]!才自局中还,奉答草草。

〔一〕读:音豆。凡经书成文语绝处,谓之句;语未绝而点分之,以便诵咏,谓之读。

又

辱教,并惠示《蜡梅诗》,感叹,恨多病不能继声[一]尔!论题候三二日间检上,策题不须作,但取《通典》[二]凡事目大者,类取古今沿革与今日所宜者,作文一篇,大略得三十篇,即纵横贯穿矣。小诗若能令每篇不苟作,须有所属乃善。顷来诗人，惟陈无己得此意，每令人叹服之。盖渠勤学不倦，味古人语精深，非有为不发于笔端耳！

〔一〕继声：谓和作。

〔二〕《通典》：唐杜佑撰，皆关于历代典章制度之言。

又

辱教，惠蜡梅，并得佳句，甚慰怀仰！数日天气骤暖，固宜木根有春意动者，遂为诗人所觉，亟叹足下韵胜也。比来自觉才尽，吟诗亦不成句，无以报佳贶，但觉后生可畏尔！

又

辱教，审侍奉熙庆为慰！雨气差凉，颇得近文字，但苦为俗事所夺耳！寄《寂斋赋》，语简，秀气郁然，大为佳作，钦叹！钦叹！然作赋须要以宋玉、贾谊、相如、子云为师[一]，略依仿其步骤，乃有古风。老杜咏吴生[二]画云:"画手看前辈,吴生远擅场。"盖古人于能事,不独求跨时辈,须要于前辈中擅场尔!

〔一〕宋玉:楚人。贾谊、司马相如、扬子云(雄)皆汉代人,以辞赋著称。

〔二〕吴生:吴道子,唐代名画家。

又

比以亲老,时时小不快,又身亦多病,故百事废弛,思欲胥疏江湖之上耳。如所谕云云,皆非鄙人所任责者,但审侍奉万福为慰! 所问应举事,恐不必尔。士大夫平居事父兄之余力,固以读书学文。不免为亲应举,得失便有数科,宁有利不利耶? 思义理则欲精,知古今则欲博,学文则观古人之规摹耳。盛暑,懒出入,不欲公冒热远来,但怀思耳。

与徐彦和　常

比因太和普觉院人回,寓书信左右,当已呈彻。专人辱手诲勤恳,审监郡草偃风行[一],又得从容于文字,惟恻怛以惠鳏寡,忠实以教官吏,力行所闻,不以才高位下而自贬损,神之听之,实百福之所会。惠示《坛经笺训》[二],极见用心之美。今时道俗,往往不护言行。斯文之作,实不虚费笔墨。若欲究竟兹事,更须退步,损之又损。恨不得相见尔。

〔一〕《论语》:"君子之德,风也,小人之德,草也,草上之风必偃。"偃:仆也。

〔二〕《坛经》:唐代禅宗六祖慧能所说。

与景善节推

得仲谋书,承以失举将不遂迁官。公颇历世

故艰难，当解此物去来矣。不知今调何官？洵仁得安问否？无缘会面，千万强学自重，当官爱民，以行所闻。谨勒手状。

答曹荀龙

辱书勤恳，感慰！承奉亲在江湖间，县僻无事，何乐如之！在康庄〔一〕尘埃中，常苦人事夺光阴。得岑寂处，可读书作字佳耳！读书勿求多，唯要贯穿，使义理融畅，则欲下笔时不謇吃也〔二〕。阻面，故云此。

〔一〕康庄：大道也。《尔雅》："五达谓之康，六达谓之庄。"

〔二〕謇吃：犹言滞钝。

与宜春朱和叔

承颇留意于学书，修身治经之余，诚胜他

习。然要须以古人为师,笔法虽欲清劲,必以质厚为本。古人论书,以沉着痛快为善。唐之书家,称徐季海书[一]如怒猊抉石、渴骥奔泉,其大意可知。凡书之害,姿媚是其小疵,轻佻是其大病,直须落笔一一端正。至于放笔,自然成行,草则虽草,而笔意端正。最忌用意装缀,便不成书。

〔一〕徐浩字季海,长城人,善书法,四体皆备,草隶尤精。

与晋甫

损惠赐茶,感刻! 送酒,香味极佳。从来苦郡城厨酝,味如稀饧,不谓步兵奇酝[一]乃出大旆之下,细酌风味,如对清论,钦羡! 钦羡!

〔一〕晋阮籍闻步兵厨有佳酿,遂求为步兵校尉。

与俞清老

惠及荆公遗墨。入手喟然，想见风流余韵，昭庆、定林[一]之间，无复斯人矣！亲老，年来多苦足弱臂痛，未能脱然，然眠食亦不恶。承眷与不浅，故及此。弟侄辈皆荷齿记，感戢！感戢！

[一]昭庆、定林：皆寺院，在南京钟山麓，王安石晚岁所常游也。

答王子飞 云

陈履常正字[一]，天下士也！读书如禹之治水，知天下之络脉，有开有塞，而至于九川涤源，四海会同者也。其作诗渊源，得老杜句法，今之诗人不能当也。至于作文，深知古人之关键。其论事，救首救尾，如常山之蛇，时辈未见其比。公有意于学者，不可不往扫斯人之门。古人云："读书十年，

189

不如一诣习主簿。"〔二〕端有此理。若见,为问讯,
千万!

〔一〕陈师道官秘书省正字。
〔二〕习主簿:晋习凿齿也。

又

比急足回,奉状,必已彻几下。数日秋暑尤
逼人,不审何如?伏维侍奉不訾调护。诏行之
策何如?漕台〔一〕有来音未?尊公去泸〔二〕,虽
田野小民,亦耿耿然。在公家以理自遣,固已无
纤芥矣,唯行李须令出于万全耳。瞿唐、滟
滪〔三〕,非可玩之水也。士大夫聪明文学,世颇
易得,至于秉不涧之节,奉以终始,万人乃一
耳。乐公父子好善不倦,故书此《独行》一篇
往,所谓轻尘足岳,坠露增流者。孔子曰:"重
耳之伯,心生于曹。小白之伯,心生于莒〔四〕。
安知我不得之桑落之下?"小小逆境,皆进德之

190

门户也,愿加意焉。

〔一〕漕台:谓督粮官也。

〔二〕泸:今四川泸县。

〔三〕瞿唐:为三峡之一。滟滪:在瞿唐峡口,为江流
最险处。

〔四〕重耳:晋文公也。小白:齐桓公也。曹、莒:皆
春秋时地名。

答王子予 雯

比来不审读书何似?想以道义敌纷华之兵,
战胜久矣。古人有言曰:"并敌一向,千里杀将。"
要须心地收汗马之功〔一〕,读书乃有味;弃书册而
游息时,书味犹在胸中,久之乃见古人用心处。如
此则尽心一两书,其余如破竹节,皆迎刃而解
也〔二〕。古人常喻植杨。盖杨,天下易生之木也,
倒植之而生,横植之而生。然一人植之,一人拔
之,虽千日之功皆弃。此最善喻。顾衰老终无益

于高明,子予以为何如?

〔一〕汗马:言战功也。战马疾驰而汗出,故云。

〔二〕刃:刀锋也。迎刃而解,谓不费力也。语出《庄子·养生主》篇。

答南溪宰石信道人

放逐颠沛[一],人所简贱,阴拱而窥三川之涂者,惟恐不肖之尘玷辱之也。道出贵部,而轩盖弈弈,来顾憔悴,终日不懈,窃深叹服。意此邦鳏寡,被岂弟[二]之泽深矣! 不有君子,其能国乎? 奉别来忽复一月,病余疲惫,终未复常,以是阙其修敬。乃蒙示书先之,存问勤恳,感愧无以为喻。秋暑溷浊,似欲不堪,不审尊候何如?

〔一〕颠沛:偃仆也。人事挫折,亦称颠沛。

〔二〕岂弟:与"恺悌"通,乐易也。

又

雅闻南溪[一]民淳事简,况君子居之,亦有以新其风俗之陋。邑廷清虚,想时与僚佐同文字之乐,诸郎读书,亦有自新之功。某寓舍无恙,虽无登览江山之胜,得一堂亦且粗遣朝夕,来御魑魅[二]。处此盖已有余,俟他日稍以私力葺之。旁近有禅子道人,欲相从寂寞者,亦蔽其风雨而已。

〔一〕南溪:即戎州,今四川宜宾县。

〔二〕《左传》:"投诸四裔,以御魑魅。"魑魅:山林异气所生,为人害者,即所谓妖精也。

答宋子茂殿直

顷辱书,审在公夙夜,体力轻安为慰!虞候[一]周章及峨眉[二]僧晓贤去,继奉书皆彻兄案否?某寓舍已渐完,使令者但择三四人差谨廉者耳。既不出谒,所与游者亦不多,山花野草,微风动摇,以此终日。衣食所资,随缘厚薄,更不劳治也。此方米面皆胜黔中,饱饭摩腹,婆娑以卒岁耳!闲居亦强作文字,有乐府长短句数篇[三],后信写寄。未缘会集,千万勤官自寿,偷余日以近诗书为望!

〔一〕虞候:官名。
〔二〕峨眉:山名,在四川峨眉县西南。
〔三〕乐府长短句:即曲子词。

又

子飞、子均、子予想数相见否?每相聚,辄读数叶《前汉书》,甚佳。人胸中久不用古今浇灌之,则俗尘生其间,照镜觉面目可憎,对人亦语言无味也!

又

两辱手诲,承病起及今,乃安和矣。能以覆辙兢慎如此，即是万全安乐人矣。人生以身为本，其余于我何有？自今可研物理，求道术否？王帅之去，民有甘棠[一]之思，而门下之士，失嘉木之荫，想亦耿耿不易平也！或闻有理之者，冀或便得一阙耳。

〔一〕《诗经》："蔽芾甘棠，勿翦勿伐，召伯所茇。"《毛传》："《甘棠》，美召伯也。"

答樊道尉句宗亮

雨余便热，喜承起居轻安。伏奉手诲，委扫除之币于不肖之庭，自视焰然[一]，何敢当先生之礼？至所以为币，又不敢当也。闻古者相见之礼，以束脩[二]、乘壶、一犬，言其足以将至意，易致而不费也。朝觐之礼，天子受其贽[三]而反其玉，虽千乘之富[四]，亦不以其货也。惟足下之诚已达于不肖，其币则反诸从者。衰俗之中，稍以古道自振，亦吾侪之职也。

〔一〕焰：可感切，音坎，意不自满也。

〔二〕脩：脯也。十脡为束。古者相见，必执贽以为礼。束脩，礼之薄者。

〔三〕贽：止肄切，音至，初见时所执物也。

〔四〕千乘：谓能出车千乘之国也。

答王周彦 庠

辱手书勤恳，并寄诗文，意气骎骎翼翼，出门已无万里，古人所谓"断以不疑，鬼神避之"。如公笔力，他日孰能当之？往年元祐〔一〕初，与秦少游、张文潜论诗，二公初谓不然，久之，东坡先生以为一代之诗，当推鲁直，而二公遂舍其旧而图新。方其改辕易辙，如枯弦敝轸〔二〕，虽成声，而疏阔跌宕，不满人耳。少焉，遂能使师旷忘味，钟期改容〔三〕也！如足下之作，深之以经术之义味，宏之以史氏之品藻〔四〕，合之以作者之规矩，不但使两川之豪士拱手也！未即得面，驰情无量！秋初，觊能一来，快尽此事。

〔一〕元祐：宋哲宗年号。

〔二〕轸：止引切，音诊。瑟下转弦者谓之轸。

〔三〕师旷：晋之乐师，能审音以知吉凶。钟子期：春秋楚人。伯牙鼓琴，志在高山流水，子期听而知之。

〔四〕《汉书注》："品藻者，定其差品及文质。"

答王秀才

足下气宇甚裕，窃揣量之，但从师取友之功少，读书未及根本耳！深根固蒂，然后枝叶茂；导源去塞，然后川流长。浮图〔一〕书云："无有一善从懒惰懈怠中得，无有一法从骄慢自恣中得。"此佳语也，愿少垂意。不加功而谈命，犹不凿井而俟泉也。此乃齐智〔二〕之所知，既承倾倒见与，故聊助聪明之万一。

〔一〕浮图：即佛陀之异译。浮图书，即佛经。

〔二〕齐智：犹言普通有智慧者。

197

答王太虚

　　某屏弃不毛之乡[一]，以御魑魅，耳目昏塞，旧学废忘，直是黔中一老农矣！足下何所取重而赐之书教？陈义甚高，犹河汉而无极[二]，皆非不肖之所敢承。古之人不得躬行于高明之势，则心亨于寂寞之宅。功名之途，不能使万夫举首，则言行之实，必能与日月争光。卧云轩中主人，盖以此傲睨一世耶[三]？先达有言"老去自怜心尚在"者，若某则枯木寒灰[四]，心亦不在矣！足下富于春秋，才有余地，使有力者能挽而致之通津[五]，恐不当但托之空言而已。无缘承教，以开固陋，近来有所述作，幸能寄惠。灌园之余，尚须呻吟，以慰衰疾。

　　〔一〕不毛：谓不能种植之地。《公羊传》："锡之不毛之地。"后沿用为僻远之称。

　　〔二〕语出《庄子·逍遥游》。成玄英云："犹上天河汉,迢递清高,寻其源流,略无穷极。"

〔三〕傲睨:倨傲旁视,目空一切也。

〔四〕枯木寒灰:喻无知觉。

〔五〕通津:犹言重要地位。

与陈斌老

斌老:累得书,喜侍奉安庆,读书不懈。黔中难得师,惟可闭门自读书。古人云:"读书百遍,其义自见。"惟要不杂学,悉心一缘,义理之性开发,但以韩文〔一〕为法,学作文字,且不用作时文、经义〔二〕之类。如此等物,若修学成,看《大学经义》三五日,便可成就有余也。草书、水墨之类,且置之勿作,亦妨人读书全功。胡斯立清修,节行甚美,可与游从,恨渠遂随计入都耳!《左传》、《前汉》读得彻否?书不用求多,但要涓涓不废。江出岷山〔三〕,源若瓮口,及其至于楚国,横绝千里,非方舟不可济,惟其有源而不息,受下流多故也。既无人讲劝,但焚香正坐静虑,想见古人,自当心源

199

开发,日胜进也。今寄王献之《黄庭》、张长史草书《千字文》[四],可观古人用笔之意。

〔一〕韩文:韩愈之文也。

〔二〕时文、经义:皆当时应试文字,犹明、清之八股。

〔三〕岷山:在今四川松潘县北。

〔四〕王献之:晋代人,羲之子。《黄庭》:道教经典。张长史:名旭,又号张颠,唐代大书家。《千字文》:周兴嗣撰。

答黔州谭司理 *存之*

贤郎性和易,济以经术,即成佳士。但师友非长育人才之匠,恐不能尽其才耳!公垫江[一]生事既优裕,一岁费百千,便可致一佳士在门,勿令与悠悠之辈杂处焉,则子弟日闻所不闻,公亦得博约[二]之益矣。

〔一〕垫:底念切,音店。垫江,县名,属四川。

〔二〕《论语》:"博我以文,约之以礼。"

与清长老

　　承怀宁〔一〕富尉出于名家,而孝弟学问,恨未相识也!寄芝草石刻,但老人不作诗已十余年,如老婆不复可施粉泽矣!幸为道此意。德素诸人,不能来叩关键,盖是护惜旧闻,以习禅家爱着木槵子〔二〕,换人眼睛,但不知乃是一对木槵子耳。知命百事长进,惟此道全无交涉,渠既不及,亦无下手处。四十性和厚不争,而义理之性终未发,且令熟诵书,勤为讲解浸润之耳!知命来峡中,得一子如牛儿,头骨奇壮,性气磊落,他日或是吾家千里驹也!

　　〔一〕怀宁:即今安徽怀宁县。
　　〔二〕木槵子:即无患子,落叶乔木,实圆,中含一子,色黑而坚,可作念珠。

答徐甥师川

　　每见贤士大夫，及林下得意人，言师川言行之美，未尝不叹息也！所寄诗，正忙时读数过，辞皆尔雅，意皆有所属，规模远大。自东坡、秦少游、陈履常之死，常恐斯文之将坠，不意复得吾甥，真颓波之砥柱也〔一〕！续当写魏郑公《砥柱铭》奉寄。甥能忍夏蚊之嘬肤〔二〕，而从莹中游〔三〕，真旷世之奇事也。蒙谕当涂〔四〕不可作久计，诚然，似闻已别有命。须近诗，谩往数篇，老拙岂能如所云，观一节可以知其侏儒也〔五〕。

〔一〕砥柱：山名，在黄河中。

〔二〕嘬：此坎切，音惨，啮也。

〔三〕陈瓘字莹中，号了翁，沙县人，有《了翁易说》。

〔四〕当涂：今安徽当涂县。

〔五〕侏儒：短小人也。

答廖宣叔　铎

烛下所见惠简，喜承体力渐胜。所谓忧患无种，夺人生理，诚如来示。惟利衰毁誉，称讥苦乐，此八物，无明[一]种子也。人从无明种子中生，连皮带骨，岂有可逃之地？但以百年观之，则人与我及彼八物，皆成一空。古人云："众生身同太虚，烦恼何处安脚？"细思熟念，烦恼从何处来？有益于事，有益于身否？入风之波，渺然无涯，而以百年有涯之生，种种计较，欲利恶衰，怒毁喜誉，求称避讥，厌苦逐乐。得丧又自有宿因，决不可计较而得之，然且猿腾马逐，至于澌尽而后休，不可谓智也。所欲知近道之涂，亦穷于是。

〔一〕无明者，痴暗之心，体无慧明，故曰无明。又一切烦恼之异名也。

答王观复

公决行在几时？此别不足恨，中原亭驿如流，虽南北,可数通书,不比剑外[一]及牂牁、夜郎之洪荒无诏也。前卒还,附书谢何静翁,不草草,而静翁乃云不得不肖书,试为根究,恐小人辄以货取之耳!今年戎州荔枝岁登,一种柘枝头出于遏腊,大如鸡卵,味极美,每斤才八钱。日饫[二]此品,凡一月,此行又似不虚来。恨公不同此味,又念公无罪耳。一笑一笑!

〔一〕剑外:剑门之外也。剑门,山名,在四川剑阁县北。牂牁:音臧柯,郡名。今贵州旧遵义府以南,至思南石阡等府,皆其地。夜郎:国名。今贵州西境,古为南夷夜郎国地。

〔二〕饫:郁据切,音淤,饱也。

答苏大通

惠示东坡《试墨帖》,虽二十五年前书,如鸾凤之雏,一日坠地,便非孔翠[一]可拟,况山鸡[二]辈也!亲相《十生记》,佳惠也。旧闻此道人奇怪,而不详悉，得此，甚慰寡闻。欲书数大榜，令无为^{〔三〕}山中作金字，但未知山中何类榜额，未经前哲书耳。

〔一〕孔翠：谓孔雀翠鸟也。

〔二〕山鸡：惊雉，爱其羽毛，照水则舞。

〔三〕无为：今安徽无为县。

又

辱书，勤恳千万。观所自道，从学就仕，而知病之所在，窃窥公学问之意甚美。顾既在官，则难得师友，又少读书之光阴。然人生竟何时得自在、饱闲散耶？"三人行，必有我师"^{〔一〕}，此居一州一县求师法也。读书光阴，亦可取诸鞍乘间耳。凡读书法，要以经为主。经术深邃，则观史易知人之贤不肖，遇事得失易以明矣。又读书先务精而不务博，有余力乃能纵横。以公家二父^{〔二〕}学术跨天下，公当得之多，辄复贡此，此运水以遗河伯者

205

耶[三]？盖窃观公所论极入理，人才难得，故相望于后凋雪霜之意耳[四]。治行匆匆，奉书极不如礼。

〔一〕《论语》："三人行必有我师焉，择其善者而从之，其不善者而改之。"

〔二〕公家二父：谓轼与辙也。

〔三〕河伯：河神也。

〔四〕《论语》："岁寒而后知松柏之后凋也。"

与王君全

旦来伏想起居轻安。细事恳烦：有一紫竹轿子，未有竿，欲乞两枝饱风霜紧小桂竹，又须时月无毛病者，便得之佳。或无，为乞邻，不嫌似微生高也[一]。

〔一〕《论语》："孰谓微生高直？或乞醯焉，乞诸邻人而与之。"

与人

僦居城南，虽小屋而完洁。舍后亦有三二亩闲地，畦蔬植果，亦有饭后逍遥之地。所谓“园日涉以成趣，门虽设而常关”者也〔一〕。生事虽竟未能有根本，然衣食随缘厚薄，亦自寡过少累耳。但以舍弟知命，不乐静居数出入，然流湿就燥〔二〕，水火自有性，虽圣人不能易，亦命也！恐欲知，故具之。

〔一〕语出陶潜《归去来辞》。

〔二〕《易·系辞》：“水流湿，火就燥。”

答人

重蒙委曲诲谕，感佩不忘！人志行不同，亦如程、李〔一〕之为将，张竦、陈遵〔二〕之处世耳。张竦曰：“人各有性，长短自裁。子欲为我亦不能，吾而效子亦败矣。虽然,学我者易持,效子者难将,吾常道也。"亦知百虑而后行者寡矣。然推心不疑,性已成敝,未易琢磨也。

〔一〕程、李:谓程不识、李广,皆汉武帝时名将,其治兵一严一宽。

〔二〕张竦、陈遵:皆汉哀帝时人。

与周达夫

久为萍客〔一〕,烦内外亲旧多矣,愧悚不可言!辱书勤恳,馈米面及数种,恩意曲折。衰朽无堪,何以得此于长者耶?感愧!感愧!承旦夕遣人如端彦,此美意也。圣人云:"供养百千阿罗汉〔二〕,不如供养一无心道人。"如端彦,朝夕与之游,真有益也。方阻参承,临纸怀仰。

〔一〕谓作客如浮萍,漂流无定也。

〔二〕阿罗汉:梵语,小乘极悟者之位名也。

答李端叔[一]

老来懒作文,但传得东坡及少游岭外文,时一微吟,清风飒然,顾同味者难得尔!

〔一〕李端叔名之仪,见前。

又

数口来骤暖,瑞香、水仙、红梅皆开,明窗净室,花气撩人,似少年时都下梦也。但多病之余,懒作诗尔! 公比来亦游戏翰墨间耶? 或传陈履常病且死,岂有是乎? 比得荆州[一]一诗人高荷,极有笔力,使之凌厉中州[二],恐不减晁、张也[三];恨公未识耳! 方叔[四]安否?

〔一〕荆州今湖北江陵县。

〔二〕凌厉:奋迅无前之貌。中州:今河南地。

〔三〕晁、张：谓晁补之、张耒,并见前。

〔四〕方叔：即李廌,见前。

与人

甲子雷雨,深慰民望,乃尊公清静忧民之应,钦叹! 钦叹! 暑气未解,计复作大雨,当了此下种插秧事尔!

与王子飞　云

伏奉手诲,喜承侍奉吉庆。惠醋,极副所需,感刻! 感刻! 鲜自源本不敢重烦左右,乃亦辱哀王孙〔一〕之意,愧悚! 愧悚! 闻比来得将护,气体遂完壮,不废观书,何慰如之! 承换差遣不得,不能无耿耿。阴阳家〔二〕谓克己者为官,既己从仕,则受制于官,不得悉如意也。然人生而游斯世,逆顺之境常相半;强壮时少历阻艰,亦一佳事耳! 无缘瞻望,惟冀为亲自重,慰此怀想!

〔一〕帝王后裔曰王孙。杜甫有《哀王孙》诗。

〔二〕阴阳家：古九流之一，专言遁甲、六壬、择日、占星之事。

与王子飞兄弟

示谕作笺，以为不可废之礼，其义盖不然也。古无此礼，近世李宗谔〔一〕始以公状施于私敬，如先达王元之、杨大年〔二〕，其道德至今可爱敬，凛然有大臣风节者，盖不用此礼也。窃尝病世俗好为苛礼细谨，故在高位而不可望以相知察者，未尝与书，虽曩时在州县亦然。其可望以相知察者，亦不复修世俗之礼也。窃意如子飞风度智术者，可共此不疑也。

〔一〕李宗谔：字昌武，饶阳人。真宗时，累拜右谏议大夫。风流儒雅，尤好勤接士类。

〔二〕王禹偁字元之，巨野人，有《小畜集》。杨亿字大年，浦城人。性耿介，尚气节，文格雄健，有《武夷新集》。

· 211 ·

与明叔少府

待罪穷壑，与魑魅为邻。平生学问，亦以老病昏塞，既无书史可备检寻，又无朋友相与琢磨，直一谭一笑，流俗相看耳！忽蒙赐书，存问勤恳，且承安贫乐义，不溷乡党，卖屋以为道路之资，载书以为到官之业。想见风采，定慰人心。国有君子，何陋之有？不肖早衰，五十而无闻[一]，使得终寿，日月余几？得好学之士相从，尚或有所发明。望风钦叹，无以为喻！谨奉状道愿见之意。心之精微，非笔墨所及，伏惟照察！

〔一〕无闻：谓无声誉也。《论语》："四十五十而无闻焉，斯亦不足畏也已！"

又

比承动静，行李涉险，来归闲居，亦匆匆，未能遣记。辱手诲，审冲冒少失调护。伏想休息得所，已经安矣。适有少急事，衮衮至夜，不果奉答。鄙文编已领略一篇不？蹎驳[一]还多，二十年前文字也。前所借编，今送吉[二]。闻公在吉，以避武隆检覆，意不必尔。仕宦劳逸常相半，如狙公七芋，但朝暮辨耳[三]。人生与忧患俱生，仕宦则与劳苦同处。事固多藏于隐伏，实无可避，愿深思之。食其禄而避事，则灾怪生矣。

〔一〕蹎：杵陨切，音蠢。蹎驳，乖舛驳杂也。

〔二〕吉：今江西吉安县。

〔三〕狙：促于切，音疽，猿属。宋有狙公者，爱狙，养之成群。食匮，将限其食，恐狙不驯，先诳之曰："与若芋朝四而暮三足乎？"众狙皆起而怒。俄而曰："与若芋朝三而暮四足乎？"众狙皆伏而喜。语出《庄子》及《列子》。

又

本纸用此八幅，写和晁、张八篇，昨日已书小卷中，今辄作王维摩诘八诗。盖蜀中士大夫罕诵此作，故书往，贵人稍寻讨耳。承今日遂成行，早起太守来约同饭，遂得安韶款语矣。闻昨颇以公厨不馈，烦料理，寻已豁然。柳下惠与乡人处，袒裼裸裎而不辱[一]，盖其胸中视一世人特鸣吠耳[二]，又何足与之论轻重厚薄耶？仰看青天行白云，万事不置。非公高明，语不及此。

[一]柳下惠：春秋时鲁人，居柳下，谥曰惠。孟子称为圣之和者也。袒：惰懒切，音但，裸露也。裼：屑激切，音锡，卷袖也。裸：鲁伙切，音卵，赤体也。裎：池盈切，音呈，保身也。《孟子》："虽袒裼裸裎于我侧，尔焉能浼我哉？"

[二]鸣吠：谓如驴鸣狗吠也。

答荆州族人颜徒

宗子之礼废，同姓之子孙，数世之后，遂为路人，窃尝深悲之。盖尝闻先君绪言，长沙[一]一族，初亦零替。闻有晦甫者,儒学里行,人所推崇,恨未相识。及不肖游学在淮南〔二〕,则闻闽漕〔三〕以侍御史召,名动京师矣!衰宗坠绪,犹当敦睦,况贤者之子孙乎?今日相见,欢慰无已。重烦简诲,悚惕悚惕!

〔一〕长沙:今湖南省会。

〔二〕淮南:淮水以南之地。

〔三〕闽漕:谓福建漕运官也。

与益修四弟强宗

某承手示,喜晴寒,日用轻安。数日来,不平之气,想已消歇。古人云:"事不如意,十常八九。"况此小小,何足置怀!世间逆顺境界,如寒暑昼夜,必至之理。周公〔一〕以大圣扶倾定难,远则四国流言,近则同僚不悦。而周公从容不动,而天下和平。此小小者如蚊蚋〔二〕过前耳,又何怏怏耶〔三〕?十五郎甚安,纯谨可喜。

〔一〕武王崩，成王幼，周公摄政。管、蔡流言于国曰："公将不利于孺子。"周公乃避居东都。其后成王迎周公归，管、蔡惧，挟纣子武庚叛。王命周公讨之，杀武庚，诛管叔，囚蔡叔，其乱始平。

〔二〕蚋：汝卫切，音芮，虫名，形略似蜂。

〔三〕怏：音央，上声。怏怏，情不满足也。